Titus Reinmuth

Mit dir wird es leichter

TITUS
REINMUTH

Mit *dir* wird es *leichter*

Ein Jahr, eine Freundschaft und 1001 Nachricht

adeo

24. Dezember, 23:32 Uhr

Hallo Sarah, bist du noch wach?

…

Hey Sarah, wenn du das hier siehst, antworte mir, ja? Bitte! Gleich!

Hallo mein Lieber, frohe Weihnachten! Was gibt's denn?

Sorry, ja, frohe Weihnachten, … ich muss gerade noch mal mit jemandem reden oder schreiben. Geht das? Hast du Zeit?

Okay. Was ist passiert?

Ich weiß noch nicht so recht. Ich muss es einfach mal irgendwo loswerden. Sophie und Lena hab' ich es noch nicht gesagt. Ich will es über die Feiertage noch für mich behalten. Also halt dich mal fest, ja? Bist du zu Hause? Sitzt du?

Ja, Pia ist schon im Bett. Was ist denn los um Himmels willen? Hast du im Lotto gewonnen? Ist jemand gestorben?

Heute Morgen unter der Dusche habe ich etwas ertastet. Eine Schwellung unter der linken Achsel. Ziemlich groß. Ich weiß gar nicht, wo die herkam. Ich meine, man duscht doch jeden Morgen genauso wie immer. Wie am Morgen davor. Und am Morgen davor. Immer dieselben Bewegungen. Routine. Aber jetzt ist da dieses Ding. So groß wie eine Mandarine. Also wenn ich den Arm nach oben und leicht nach hinten strecke, dann tritt es hervor. Das ist mir etwas unheimlich. Wenn ich den Arm wieder runternehme, fühle ich nichts mehr. Da ist nur weiches Gewebe. Als wäre es weg. Aber es ist da. Und es ist groß.

Ich habe keine Ahnung, was das sein soll. Ich kann doch jetzt nicht zum Arzt gehen. Es ist Heiligabend. Morgen ist Bescherung. Du weißt ja, wir machen das immer so, erst am ersten Feiertag. Wie bei uns zu Hause früher. Also habe ich beschlossen, ich sag erst mal nichts und wir feiern Weihnachten. Dann ist immer noch Zeit.

Etwas unheimlich? Tim, das ist richtig unheimlich. Das kann alles Mögliche sein. Du musst zum Arzt!

Ich weiß, aber jetzt will ich noch nicht. Es musste nur irgendwie mal raus, weißt du? Wenn ich es jetzt hier zu Hause erzähle, dann haben wir drei Tage schlechte Stimmung und viele Fragen. Dann machen sich alle Sorgen. Am Ende soll ich noch zum Bereitschaftsdienst oder in die Notaufnahme. Da habe ich auch keine Lust drauf.

Und du hast heute ganz normal weitergemacht als wäre nichts? Kirche, Abendessen, Weihnachtsbaum? Musik, Geschichten, Kekse? Und im Hinterkopf immer dieses Ding? Puh …

Ja. Die wunderbare Kraft der Verdrängung. Es ging erstaunlich gut. Ich habe es einfach weggeschoben. Ente, Rotkohl, Weihnachtsgeschichte, alles bestens.

Oh Mann. Ich mache mir auch Sorgen. Das weißt du schon, oder? Hast du mal gegoogelt, was es überhaupt sein kann?

Ja. Genau eine Seite. Danach wirst du sowieso verrückt. Dann ist nichts mehr mit Verdrängen.

Und?

Na ja, erst stehen da so Sachen, die man sowieso weiß: Geschwollene Lymphknoten können ein Hinweis auf einen Infekt sein. Dann tun sie in der Regel auch weh, wenn man sie tastet. Und du merkst ja, ob du krank wirst, ob du Fieber hast oder so. Habe ich aber nicht. Ich fühle mich wie immer. Und bei mir ist das alles vollkommen schmerzfrei. Da tut nichts weh. Es ist einfach nur da. Und es ist verdammt groß. Na ja, und ein paar Zeilen weiter auf der Seite wird schnell klar, dass es auch eine bösartige Veränderung der Lymphknoten sein kann. Also irgendeine Form von Krebs. Schon nach wenigen Sätzen rät mir der Netdoctor: „Gehen Sie zu einem Arzt!“ Sehr nett von dem Netdoctor, oder?

Mensch, Tim, ich bin völlig sprachlos. Aber danke, dass du mir schreibst. Das war gut. Was willst du denn jetzt tun? Versprich mir, dass du das nicht mit dir rumträgst bis ins nächste Jahr, ok?

Ich weiß nicht. Zwischen den Jahren hat doch keine Arztpraxis auf. Damit will ich nicht zu irgendwem, der mich gar nicht kennt. Auf jeden Fall werde ich es am Tag nach Weihnachten Sophie erzählen. Ich kann ja mal in der Arztpraxis anrufen und hören, was der Anrufbeantworter sagt. Ich habe mir überlegt, wenn meine Ärztin da ist und Dienst hat, dann gehe ich hin. Sonst warte ich bis zum 2. Januar. Das habe ich jetzt mal so mit mir verabredet. Damit komme ich klar. Was meinst du?

Okay. Das hört sich gut an. Versprich mir, dass du es genau so machst! Ich mach mir auch Sorgen.

Alles klar, so mach ich das. Danke, dass du da warst.
Schlaf schön
Tim

Du auch. Halt mich auf dem Laufenden, ja?
Umarmung
Sarah

28. Dezember, 18:27 Uhr

Hallo Sarah, heute war ich bei meiner Ärztin. Sie hat zwischen den Jahren Dienst. Man muss auch mal Glück haben. Sie ist dabei, ihre Praxis an eine junge Kollegin zu übergeben. Und die war heute Morgen da. Ist schon seltsam: Da sitzen dann lauter Patienten mit Husten, Schnupfen, Heiserkeit oder irgendwelchen Wehwehchen und dazwischen ich mit diesem Ding unterm Arm.

Ich bin also zuerst bei der Kollegin gelandet. Bei ihr war ich noch nicht so oft. Aber egal, dachte ich, Hauptsache, es geht weiter. Ich hatte mir einen ersten Satz überlegt: „Ich bin hier, weil ich Angst habe." Das wäre ehrlich gewesen. Komischerweise sage ich das nicht.

Sie kommt rein und eröffnet mit dem üblichen „Was kann ich denn für Sie tun?“. Und ich sage einfach: „Ich habe da so eine Schwellung unter dem linken Arm, in der Achselhöhle.“ Warum sage ich nicht meinen Satz? Ich habe Angst, verdammt noch mal! Und sie soll mich beruhigen. Oder klären, was los ist. Ich will wissen, wohin mit dieser Angst. Aber ich verrate ihr nichts davon. Sitzt da irgendwer in meinem Kopf und legt eine Sekunde vorher einen Hebel um, nach dem Motto: Bleib mal sachlich, mein Lieber?

Also untersucht sie mich. Guckt sich das an, tastet. Murmelt irgendwas von „... für einen Lymphknoten sitzt es eigentlich zu tief“. Ich denke sofort: Hurra, es ist gar nicht ein Lymphknoten! Aber was ist es dann?

Sie fragt bei den Mitarbeiterinnen vorne nach: „Wann wollte die Chefin heute kommen?“ „Um zehn Uhr.“ Es ist halb zehn. Sie ruft sie an. Sie sagt mir, dass wir jetzt einen Ultraschall machen müssten und dass sie gerne zu zweit draufgucken würde, mit der Chefin zusammen. Sie sei schon unterwegs. Ich weiß nicht, ob mich das beruhigen oder beunruhigen soll. Dass gleich die Erfahrenere von beiden mit draufgucken wird, beruhigt mich. Sie kennt mich seit zwanzig Jahren. Ich habe Vertrauen zu ihr, weißt du? Wenn so etwas ist, was mich total verunsichert, gibt mir wenigstens das ein wenig Sicherheit. Ihre Art, ihre Genauigkeit bei der Untersuchung, ihre Fragen, ihre Zugewandtheit, ihre Stimme, all das. Aber irgendwie beunruhigt mich das auch. Es muss schon etwas Besonderes sein. Etwas, das man nicht so leicht einordnen kann. Wo man lieber noch mal jemanden dazuholt.

Endlich ist sie da. Wir begrüßen uns, sie lässt sich kurz von ihrer Kollegin berichten, was wir schon besprochen haben. Dann greift sie nach dem Ultraschallgerät und fährt damit auf und ab, hin und her. Ab und zu hält sie es fest, guckt genau, vermisst alles, was sie da sieht. „Manchmal bildet sich auch Fettgewebe und tritt dann irgendwo hervor. Haben Sie so was anderswo?“ „Nein, habe ich nicht.“ Fettgewebe klingt aber gut. Fettgewebe klingt harmlos. Fettgewebe – mein fettes neues Lieblingswort!

Auf dem Monitor sieht man: Es ist wohl nicht nur eine einzige Schwellung, es sind drei Gebilde, die irgendwie nebeneinander und untereinander da herumliegen. Ich frage, was das nun sein könnte. „Das wissen wir noch nicht. Wir brauchen ein anderes bildgebendes Verfahren." Ich soll mich wieder anziehen und dann noch mal zu ihr reinkommen. Sie stellt mir noch allerlei Fragen. Ob ich nachts schon mal stark schwitze. Nein, tue ich nicht. Dann noch ein paar Fragen, die ich schon wieder vergessen habe. Denn ich habe immer noch Angst. Sie machen einen Termin für mich in der radiologischen Praxis neben dem Krankenhaus, gleich für den 3. Januar.

Ich bin verwirrt von allem. „Sie rätseln also immer noch, was es sein könnte?", frage ich. In dem Moment stehen wir gerade mitten im Raum. Ich ziehe den Pullover über, und sie steht vor mir. „Ja, wir wissen es nicht. So kann ich noch nichts sagen. Wir brauchen ein anderes bildgebendes Verfahren. Deshalb machen wir jetzt zügig ein MRT. Dann wissen wir mehr." Dann schaut sie nach unten auf den Boden. Ihre Stimme wird leiser. Den nächsten Satz nuschelt sie irgendwie in sich hinein. „Es kann natürlich auch ein Malignom sein." Ich denke: Ein was? Was hat sie gesagt? Ich habe es nicht richtig verstanden. Ein Mal-irgendwas. Ich hab' ja mal Latein gehabt in der Schule. „Mal…" heißt böse. Etwas Bösartiges. Es kann natürlich auch etwas Bösartiges sein. Dann guckt sie mich wieder an. „Aber erst mal halten Sie den Ball flach, okay? Schaffen Sie das? Erst müssen die Kollegen in der Radiologie sich das ansehen. Wir wissen es wirklich noch nicht." Also: Ruhe bewahren und den Ball flach halten! Dann nehmen sie mir noch Blut ab, um aktuelle Werte zu haben. Next Stop: Radiologie am 3. Januar.

Liebe Sarah, so ist die Lage. Niemand weiß was, niemand legt sich fest. Aber es kann etwas Bösartiges sein. Ein Malignom. Ich habe es nachgesehen. Das Wort, das mit „Mal" anfängt. Nicht Malefiz, nicht Malibu, nicht Mal-was-anderes, nein, ein MALIGNOM. Ein bösartiger Tumor. Krebs. Vielleicht habe ich Krebs. Das hat meine gestandene, erfahrene Ärztin in sich hinein genuschelt. Dabei verschämt zu Boden gesehen. Aber ich soll den Ball flach halten. Kann ich das? Ich weiß es nicht.

Liebe Sarah, heute grüße ich dich etwas ratlos. Drück mich mal aus der Ferne, ja?

Ach, Tim, mein Lieber … Ich drücke dich ganz, ganz fest. Ich umarme dich. Mannomann, was musst du da durchmachen! Diese Angst – das verstehe ich so gut. Angst vor dem Unbekannten. Angst vor dem, was jetzt kommt.

Ich musste natürlich gleich an deine Geschichte mit dem Schlaganfall denken. Das ist ja auch erst ein paar Jahre her. War das nicht sogar mitten im Urlaub?

Ja, auch so eine Zeit, in der ich das gar nicht gebrauchen konnte. Fast so schön wie Weihnachten. Aber das Schicksal wartet ja nicht, bis es passt. Wenn du das hier alles erzählst, kommen tatsächlich meine eigenen Erinnerungen hoch. Die kleine Ferienwohnung in Alt-Schwerin, direkt am See. Wir durften sogar das Boot benutzen. Und dann plötzlich dieser Mittwochmorgen.

Da ging alles verdammt schnell, oder? Weiß man da sofort, was los ist?

Ja. Wir hatten gerade gefrühstückt, ich las noch in der Zeitung, als mir plötzlich schlecht wurde. Dann machte der Raum seltsame Sachen. Die Decke wölbte sich nach unten, die Bilder an der Wand zerflossen und sahen aus wie von Miró. Sie blieben ständig in Bewegung. Erst fühlte ich das Kribbeln im linken Bein, dann hatte ich schlagartig keine Kraft mehr im linken Arm. Ich weiß noch, wie ich zu Mama sagte: „Das ist ein Schlaganfall. Ich habe einen Schlaganfall!" Sie rief sofort den Notruf.

Und das mitten im Niemandsland …

Genau das schoss mir durch den Kopf. Ich dachte nur: Mist, wo sind wir hier? Mecklenburgische Seenplatte, hübsche Städtchen mit dreitausend Einwohnern. Bestimmt muss der Rettungswagen bis nach Schwerin fahren. Dann kam die Angst: Ich will meine Sprache nicht verlieren. Alles, bloß das nicht! Wie stark wird das Ganze? Diese Ungewissheit. Furchtbar. Aber ich hatte Glück im Unglück. Die Stroke-Unit in Plau am See war zehn Minuten entfernt. Ein Schnelltest, ein CT und dann ab auf Intensiv. Ein Schlaganfall, ja. Aber einer, von dem ich mich erholen könnte. Vielleicht. Wahrscheinlich. Eine Infusion und die Hoffnung, dass sich alles löst. Im wahrsten Sinne des Wortes auflöst.

Ich glaube, ich kenne dieses Gefühl: unbedingt Klarheit darüber haben zu wollen, was es ist. Und die erste Aussicht, dass man etwas machen kann. Aber dann hatte ich noch Tage voller Unsicherheit. Ob das alles funktioniert. Ob wirklich alles wiederkommt. Dass es hoffentlich keinen zweiten Schlag gibt, einen stärkeren womöglich.

… und mir hast du das alles erst erzählt, als es wirklich vorbei war.

Stimmt. Da fing es ja gerade erst wieder an, dass wir etwas mehr Kontakt hatten. Noch lange nicht so eng wie heute. Was ich sagen will: Ich kann mir gut vorstellen, wie anstrengend das Warten ist. Die Angst wird ja erst wieder kleiner, wenn alles konkret wird. Wenn man nicht mehr fantasieren muss, sondern den Gegner kennt. Ein Bild vor Augen hat. Im wahrsten Sinne des Wortes. Dann kannst du die Lage vermessen. In Zentimetern. In Zellstrukturen. In was auch immer. Dann kannst du wieder damit umgehen. Alles wird überschaubar, handhabbar. Auch das Schlimme. Weil es dann einen Namen hat. Weil es dann eine Diagnose gibt und einen Plan. Bei mir war es jedenfalls so.

Aber bis dahin? Da kannst du eigentlich nur alle Fantasien verdrängen. Ein großes Stoppschild aufstellen. Die Musik aufdrehen. An etwas anderes denken. Sonst wirst du ja bekloppt. Das habe ich jedenfalls im Rettungswagen versucht und dann wieder in der ersten Nacht auf der Intensivstation. Nun ja. Ist so mäßig gelungen damals. Ach, ich wünsche dir so sehr, dass sich bald alles aufklärt. Und dass es dann einen Weg gibt.

Du, ich muss leider gleich los, ich bin noch verabredet heute Abend. Mädelsabend mit Moni und Elena. Die sind immer zwischen den Jahren hier in Hamburg, da müssen wir uns einfach sehen. Ich drücke dich. Vielleicht bis morgen noch mal, okay?
Ganz liebe Grüße
Sarah
PS. Und sag der Angst gute Nacht! Vielleicht schläft sie ja vor dir ein …

Danke für deine Worte, Sarah! Ich versuche das mal. Amüsiere dich! Und pass auf dich auf!
LG
Tim

29. Dezember, 1:49 Uhr

Hallo Sarah, bist du wieder zu Hause? Na ja, wahrscheinlich schläfst du schon. Oder du machst gerade erst richtig Party. Egal. Das Schöne am Schreiben ist ja, es wirkt sofort. Egal, wann du es liest. Ich schreibe, und es geht mir besser. Es hat nicht geklappt bei mir mit dem Einschlafen. Ich bin um eins noch mal aufgestanden und hab noch eine Runde um den Block gedreht. Manchmal stelle ich mir vor, du gingst dann neben mir. Dann erzähle ich dir, was mir alles im Kopf herumschwirrt, und du hörst zu. Schon werde ich ruhig. Schön, oder? Dies als kleine Freundschaftsbekundung zur Nacht. Als ich wieder zurück war, bin ich direkt eingeschlafen. Schön, dass du da

bist. In meinem Kopf. In meinem Herzen. In meiner Fantasie. Und gerade irgendwo in Hamburg.
Liebe Grüße
Tim

29. Dezember, 12:37 Uhr

Guten Morgen mein Lieber. Da gehe ich endlich mal wieder aus und drehe gleichzeitig eine Runde um den Block mit dir? Verrückte Welt. Aber wenn es dich irgendwie beruhigt, ist das auch ein schönes Gefühl für mich. Wozu hat man gute Freunde? Ich könnte dir auch am Abend ab und zu ein Flüstern aufs Kissen legen. Statt Schokolade. Als Betthupferl.

So, nachdem ich meinen kleinen Rausch ausgeschlafen habe, gibt's jetzt erst mal Frühstück. Pia ist beim Ex. Ich glaube, ich mache mir mal Rührei mit Speck. Orangensaft habe ich auch noch. Hotel-Frühstück am eigenen Küchentisch. Ich liebe das.

Tim, ich denke an dich!

Ein Flüstern aufs Kissen? Hast du noch Gedichte gelesen vorm Einschlafen?

„I lay a whisper on your pillow …" So fängt ein Song an. Lief gestern Abend irgendwann. Von wem war der noch? Ich weiß es nicht mehr.

Egal. Klingt schön. Und Schokolade soll ja nur wach machen am Abend. Dann lieber ein Flüstern. Was immer das bedeutet. Rührei hab ich mir übrigens auch gerade gemacht. Bei mir ist es wohl das zweite Frühstück. Dann essen wir jetzt beide was und denken aneinander. Kannst du mir mal den Orangensaft rüberreichen? Hab einen schönen Tag!

4. Januar 2019, 9:50 Uhr

Guten Morgen, Sarah! Eins muss man den Ärzten ja lassen: Wenn es ernst wird, geht es Schlag auf Schlag. Der zweite Arbeitstag des neuen Jahres, und schon schieben sie mich in die Röhre. Das Zauberwort des Tages heißt: behandelbar! Nach einem langen Tag rief mich die Ärztin, die junge, abends noch zu Hause an. Da hatte sie den Bericht aus der Radiologie bekommen. Sie hat mir viel erklärt, es kommt jetzt viel auf mich zu, und einen Satz hat sie wie ein Mantra immer wiederholt: „Das ist heute in der Regel gut behandelbar." Hat sie endlich meine Angst bemerkt? Mindestens fünfmal hat sie diesen Satz gesagt.

Ich fühle so eine Art angespannte Erleichterung. Ich habe Krebs, aber er ist behandelbar. Die Krankheit ist da, aber die Prognose ist gut. Ich bin immer noch angespannt, aber trotzdem erleichtert. Verstehst du das? Man kann die Sätze ja auch umdrehen: Die Prognose ist gut, aber erst mal ist die Krankheit da. Es ist behandelbar, aber ich habe Krebs. Ich stelle fest, so herum gefallen mir die Sätze nicht. Wir alle zu Hause, Sophie und Lena, halten uns an diesem einen Wort fest: BEHANDELBAR!

Mensch, Tim, das ist großartig! Was für ein tolles Wort! Ich bin so erleichtert.

Warte mal, ich muss dir noch erzählen, wie das ablief gestern. Sarah, das kannst du dir nicht vorstellen. Das war wirklich schräg. Sie sind ja alle guten Willens, sie machen auch alle einen total wichtigen Job in so einer radiologischen Praxis, aber die Ärzte dort konnten wieder nicht reden. Dabei ist das doch so wichtig. Einfach sagen, was ist. Was ist so schwer daran? Ich verstehe das nicht. Ich glaube, ich biete irgendwann mal Seminare an. Den Titel habe ich schon: „Sagen, was ist. Kommunikation für Ärztinnen und Ärzte".

Erst gab es eine etwas skurrile Situation. Da sitzt ein Arzt in einem kleinen Raum, den Rechner und ein Mikrofon vor sich. Er guckt auf die Aufnahmen und diktiert Berichte. Aber er hat die Tür aufgelassen Richtung Wartezimmer. Und da sitze ich mit vier, fünf anderen Patienten. Alle starren vor sich hin, manche warten auf ihre Untersuchung, andere auf ihre Ergebnisse. Es ist still. Nur der Arzt sitzt über seinen Berichten, und wir hören ihn. Er diktiert das in sein Mikrofon wie der Sportreporter seinen Bericht über die letzte Heimniederlage des 1. FC Köln. „Hector verletzungsbedingt ausgefallen. Die Viererkette völlig ungeordnet. Der Befund ist hochgradig suspekt auf…“, und dann nennt er irgendeinen bestimmten Tumor. Der Patient ist abstiegsgefährdet, so viel ist klar. Lakonisch und routiniert gibt er die Befunde durch. Ein anderes Mal klingt er so wie der Kollege aus dem Wirtschaftsressort, der seine Analyse der Börsenkurse diktiert. Deutliche Verluste im Bankensektor. Börse schließt im Minus. „In erster Linie ist an ein Lymphom zu denken.“ Wenn du das hörst, fallen deine Kurse ins Bodenlose.

Ich sitze da und werde immer blasser. Denn ich gucke ja gerade nicht „Sportschau“ oder „Börse vor acht“, sondern gleich, in wenigen Minuten, auf meine Röntgenbilder. Ist hier irgendjemandem klar, dass da Patienten sitzen, die das alles mithören? Stell dir das mal vor! Das war gruselig.

Dann werde ich reingerufen. Ich gucke auf die Aufnahmen von meinem Bauch, Rumpf und Hals. Die Arme musste ich nach oben nehmen und über dem Kopf ablegen. So sieht man jetzt in der linken Achsel ein Konglomerat aus drei großen Knoten. Riesige Teile. Der oberste etwa 8 x 6 x 4 cm groß. Darunter zwei weitere, flache. „Sie sehen hier etwas, was da nicht hingehört.“ Na, wer hätte das gedacht! „Gut ist, dass keine weiteren Lymphknoten betroffen sind“, erläutert mir der Arzt. „Es ist lokal begrenzt, es liegt so, dass keine Organe berührt werden.“ Das kann ich wohl auf der Haben-Seite verbuchen.

Zu dem jüngeren Arzt kommt kurz darauf der ältere Kollege dazu, der Inhaber der Praxis. Der, dessen Name vorne auf dem Schild steht. Auf mich wirkt es so, als käme er immer dazu, wenn es ernst ist. Er legt seine Stirn in Falten, guckt nachdenklich auf die Bilder, guckt mich ernst an, nickt vor sich hin, so als müsste ich ja wissen, was das bedeutet. Aber er spricht nicht aus, was es bedeutet. „Ist bei Ihnen schon mal was vorgefallen?", fragt er. „Nein." „Melden Sie sich bei Dr. Fischer im Krankenhaus. Das ist der Chefarzt. Auf der Inneren. Die müssen eine Biopsie machen. Dann weiß man Genaueres." Ernster Blick. Händedruck. Alles Gute.

Unfassbar das alles, oder? Sei lieb gegrüßt von Tim, dem neuen Patienten an der Behandel-BAR! Welchen Drink empfiehlst du heute Abend?

Tim, Tim, Tim! Mein Lieber, darauf müssen wir anstoßen! Whisky Sour hast du doch früher immer bestellt. Wenn einem das Leben etwas Hartes zumutet: Zuckersirup und Zitronensaft rein und dann runter damit! Zum Wohl!

Ähm, ging das nicht anders? Wenn dir das Leben eine Zitrone gibt, mach Limonade draus?

Kann sein. Aber das hier passt doch viel besser zu uns, oder?

Stimmt. Danke!

4. Januar, 22:37 Uhr

Liebe Sarah, ich hab mal was geschrieben …

Behandel-Bar
Klar bin ich anders
doch ich bin nicht allein
bin auch besonders
wie sollt es anders sein

Klar will ich echt sein
das in jedem Moment
das könnt' dir recht sein
weil mich so keiner kennt

Ich bin an der Behandelbar
bei all den Zweifelsfällen
manch wunderbares Exemplar
gibt's nur an dieser Stelle

Ein Einzelfall bin ich
und schwer zu deklinieren
nicht überall gibt's mich
bin nicht zu kalkulieren
Will gut genug sein
und sogar geliebt
Es könnte klug sein
zu sagen, dass das geht

Ich bin an der Behandelbar
bei all den Zweifelsfällen
manch wunderbares Exemplar
gibt's nur an dieser Stelle

Nehm mir das Leben
und von allem genug
will nehmen und geben
ganz ohne Betrug
Vielleicht sind wir zwei
wär das denkbar für dich
bin ich dabei
so annehmbar für dich

Triff mich an der Behandelbar
bei all den Zweifelsfällen
manch wunderbares Exemplar
gibt's nur an dieser Stelle

Vielleicht wird es dann offenbar
bei all den Zweifelsfällen
Du bist genauso wunderbar
nicht nur an dieser Stelle

5. Januar, 23:05 Uhr

Liebe Sarah, zu Hause sind wir alle noch ziemlich durcheinander. Wir halten uns tatsächlich an diesem Wort fest: behandelbar. Lena reagiert ziemlich gefasst. Sie ist ja immerhin 16. Ich überlege manchmal, wie ich als Jugendlicher in dem Alter war. Wie steckt man so eine Nachricht weg? Kann man die überhaupt schon richtig einordnen? Wie gesagt, sie wirkt recht gefasst. Sie sagt mir dann – und vielleicht auch sich selbst: „Es ist behandelbar. Das ist doch gut. Das schaffst du." Daumen hoch, lächeln, alles wird gut.

Mit Sophie saß ich gestern Abend auf dem Sofa, nur wir zwei, und wir haben geheult. Das muss dann auch mal raus. Dann haben wir uns gegenseitig festgehalten. Das tat gut. Einerseits. Anderseits bist du auch irgendwie zusammen allein. Wenn die Titanic sinkt, kannst du dir auch in den Armen liegen. Aber sie sinkt. Plötzlich ist die Sicherheit weg. Alles gerät ins Rutschen. Was ist, wenn ich es nicht schaffe? Was heißt „in der Regel behandelbar"? Vielleicht bin ich auch die Ausnahme von der Regel. Wer weiß das schon? Was ist, wenn uns nur noch Monate bleiben?

Plötzlich haben wir völlig verrückte Dinge gemacht. Sind ins Arbeitszimmer an die Aktenordner gegangen. Wie viel Restschuld ist eigentlich noch auf dem Haus? Wo ist die Lebensversicherung?

Wie lange läuft die noch? Eigentlich weiß ich das alles so ungefähr. Und natürlich läuft die Risikolebensversicherung lange genug. Aber plötzlich willst du das in die Hand nehmen, das Papier fühlen, die Zahlen alle noch mal mit eigenen Augen sehen, mit dem Finger über die Zeilen fahren, bis unten rechts die Summe auftaucht. Es ist, als würdest du gucken, wo die Rettungswesten sind, wo man sich einfinden muss, wenn der Alarm losgeht. Sophie und ich haben da auch dummerweise so eine Arbeitsteilung: Überweisungen, Versicherungen, Arztkosten mit der Krankenkasse abrechnen, die Steuererklärung machen, ... das mache alles ich.

Manchmal habe ich Angst, dass zwar für alles gesorgt ist, Sophie das aber nicht umsetzen kann. Ist wahrscheinlich völlig unbegründet. Natürlich kann sie das, wenn es sein muss. Aber so bin ich. Es würde mich einfach beruhigen, wenn jemand da wäre, der dabei helfen könnte. Wenn ich mal nicht mehr bin oder auch nur keine Kraft mehr habe, ist das meine Hauptsorge. Okay, da sind noch ein paar andere, aber die drängt sich gerade in den Vordergrund.

Irgendwann habe ich Sophie gefragt: Wenn es hart auf hart kommt, wenn du Hilfe brauchst, wer von unseren Freunden soll dann am ehesten kommen? Auch das wollte ich plötzlich regeln. Und zwar lieber gleich am Anfang als irgendwann auf dem Weg. Wieder nur, um mich selbst zu beruhigen. Wir haben ja ein paar gute alte Freundinnen und Freunde, aber die leben heute in alle Welt verstreut. Wenn es um Freunde geht, die hier vor Ort sind, die auch mal schnell vorbeikommen können, stellt sich die Frage ja noch mal anders. Für mich selbst könnte ich schnell beantworten, wer das ist. Aber bei Sophie war ich mir gar nicht so sicher.

Also: „Wenn es schwer wird, wer soll dann da sein? Bei wem fühlt sich das am besten an? Wo hast du am meisten Vertrauen?“ Das war schnell klar. Martin und Iris sind gute Freunde. Iris war schon mal da, als es Sophie sehr schlecht ging und ich nicht bei ihr sein konnte. Da ist sie einfach vorbeigekommen. Mit Martin spiele ich in der Band. Ich mag ihn sehr. Ein sensibler Typ. Das Herz am rechten Fleck. Hat einen guten inneren Kompass. Auch unsere Töchter sind gute Freundinnen. Als zweite Möglichkeit nannte sie noch eine Kollegin.

Heute Vormittag habe ich dann Martin mal angeschrieben, ob er Zeit hat vorbeizukommen. Ich muss mich etwas kryptisch ausgedrückt haben, er machte sich ziemlich Gedanken, was wohl los ist. Nach der Arbeit kam er vorbei, und als er dann bei uns auf dem Sofa saß, haben wir ihm die Lage geschildert. Er fragt nach, nimmt Anteil, bietet Hilfe an. Was Freunde so machen, weil sie Freunde sind. Das tut gut. Dann Tränen auch bei ihm. „Ich sitze hier und mir geht es gut, und du hast diese Sch… Krankheit. Warum? Das ist doch nicht fair.“ Ich stutze. Diese Krankheit ist Schicksal. Ich kann nichts dafür, dass ich sie habe. Er kann nichts dafür, dass er sie nicht hat. Muss sich denn jemand schlecht fühlen, weil er gesund ist? Oder ist das eine Spielart von Mitgefühl? Oder von Angst? Mir gegenüber muss sich doch niemand schämen, weil er gesund ist. Diese Krankheit löst seltsame Dinge aus. Aber Martin ist da. Er verspricht fest und hoch und heilig und wie man es nur versprechen kann, für uns da zu sein. Das gelte bestimmt auch für Iris. Das tut gut. Bei ihnen zu Hause ist es übrigens umgekehrt: Iris kümmert sich um all den Verwaltungskram. Damit kennt sie sich aus. Er nicht. Interessant, oder? Einerseits ganz natürlich, dass man sich die Sachen aufteilt. Aber auch eine Falle. Wenn was ist, bleibt einer erst mal etwas hilflos zurück.

Manchmal betrachte ich mich mit etwas Abstand. Ich habe das ja alles mal gelernt in der Hospizarbeit. Habe selbst Seminare gehalten für Ehrenamtliche, die Sterbende begleiten möchten. Frage in die Runde: „Wenn Sie sich wünschen könnten, wie Sie einmal sterben, wie sollte es dann sein?“ Wenn dann alle für sich überlegen, sich mit dem Nachbarn austauschen, dann kommen in der Regel Wünsche in vier Bereichen heraus. Dann geht es um körperliche, seelische, soziale und spirituelle Bedürfnisse. Die Bedürfnisse Sterbender: keine Schmerzen haben, unerledigte Konflikte klären, die anderen versorgt wissen, sich selbst getragen wissen, egal, was kommt.

Und jetzt erwischt es mich selbst. Aber deshalb kann ich ja nichts besser. Ich brauche das, was alle brauchen. Interessant: Bei mir sind es zuerst die sozialen Fragen. Ich möchte, dass meine Lieben versorgt sind. Dass sie finanziell klarkommen, den Alltag gemanagt kriegen und dass Freunde für sie da sind. Wenn ich das weiß, bin ich beruhigt und kann mich um mich selbst kümmern. Weißt du, was völlig verrückt ist? In solchen Runden habe ich früher oft gesagt: Ich will bewusst aufs Sterben zugehen. Nicht so ein plötzlicher Tod. Dann lieber eine gepflegte Krebserkrankung, wo man alles kommen sieht, noch Dinge regeln kann, noch eine ganze Weile mit den Liebsten sprechen und zusammen sein kann. Gut versorgt natürlich, schmerzfrei, versteht sich. Darunter würde ich es nicht machen. Tja, da haben wir den Salat. Nun ist sie da, die „gepflegte Krebserkrankung".

Aber hey, erst mal bin ich ein Lebender, okay? Vielleicht ist das ja alles nur ein Test. Eine Vorbereitung. Und der Ernstfall kommt dann mit 83 Jahren oder so. Dann könnte ich die Krankheit immerhin als alte Bekannte begrüßen. Hat vielleicht Vorteile, oder?

Ach, Tim, du bist schon so einer. Da hast du diese Diagnose und denkst erst mal an die anderen. Das ehrt dich, klar. Ist auch irgendwie typisch für dich. So kenne ich dich. Aber denkst du auch an dich? DU bist doch krank. DU machst dir Sorgen, DU hast Angst. DU hast ein paar Monate vor dir, die kein Spaziergang werden. Wer weiß, was da alles auf dich zukommt. Was brauchst DU denn jetzt? Wen brauchst DU an deiner Seite? Was wird DIR selbst guttun?

Ach, Sarah, wenn ich das schon so genau wüsste. Es ist schon mal gut, dass du da bist. Dass wir uns hier schreiben können. Und die beiden, von denen ich erzählt habe, Martin und Iris, das sind auch meine Freunde. Und es sind ja nicht die einzigen. Nach und nach werden wir es allen erzählen.

Aber es ist auch so: Wenn ich weiß, dass Sophie und Lena klarkommen, dass Sophie beruhigt ist, weil sie sich zu jeder Zeit Hilfe holen kann, dann sorge ich damit auch für mich. Denn vielleicht werde ich nur für diese Krankheit Kraft haben und sonst nicht viel geben können. Dann will ich wissen, dass andere an ihrer Seite sind, sie trösten, ihr bei irgendwelchen praktischen Dingen helfen, für sie da sind. Das kann ich wahrscheinlich nicht auch noch schaffen. –

Ansonsten brauche ich erst mal Klarheit. Wie du es gesagt hast: Wenn man den Gegner kennt, wird alles einfacher. Leider gibt es Klarheit nicht sofort. Erst braucht es eine Operation, dann holen sie einen Teil des Gebildes heraus. Dann wird es analysiert. Erst dann gibt es einen genauen Befund, und wir sehen, ob das so stimmt mit „in der Regel gut behandelbar" oder ob ich doch eine Ausnahme bin. Je nach dem. Im Zweifel gucken wir mal, was wir noch so in unserer Hausbar finden.

Okay, Tim, verstehe. Ich habe mir ja irgendwann angewöhnt, erst mal das Beste zu erwarten. Ungewissheit bedeutet ja nicht, dass es keine Hoffnung mehr gibt, sondern viele Möglichkeiten, auch gute. Also: wenn schon warten, dann mit Zuversicht. Du kannst ja ohnehin nur „auf Sicht" fahren. Dann doch lieber gleich „auf Zuversicht". Alles andere sehen wir dann. Ich bin jedenfalls da. Das verspreche ich.
Umarmung
Sarah

Nachtrag: Du hast gefragt, was ich denn brauche. So ganz allein für mich. Ich hätte gerne, dass die Strapazen nicht zu heftig werden, dass ich das körperlich schaffen kann. Ich möchte gerne ab und zu raus, wenn es mir gut genug geht. Mal nach Holland ans Meer mit der Familie. Irgend so etwas. Vielleicht sogar zu dir nach Hamburg. Dass wir zwei mal wieder einen Nachmittag lang im Café sitzen. Oder an der Elbe und aufs Wasser gucken. Und das Allergrößte wäre, wenn die Kraft reicht, um ab und zu mit der Band aufzutreten. Ich darf gar nicht dran denken. Wir haben drei Konzerte Ende März, Anfang

April. Ich glaube, es sind drei Wochenenden hintereinander. Und dann noch zwei im Juni. Was, wenn das alles platzt? Wenn ich zu schwach bin für die Bühne?

Aber wenn du fragst, was mir guttut, dann wäre das meine Wünsch-dir-was-Liste: Zeit mit der Familie, Zeit mit meinen Freundinnen und Freunden. Ans Meer und auf die Bühne. Das sind meine Kraftquellen. Mehr brauche ich nicht.

Tim, das hört sich sehr gut an. Ich bin sehr glücklich, ein Teil davon zu sein. Danke für deine Freundschaft. Habe ich das schon mal gesagt? Egal. Danke für deine Freundschaft! Sie bedeutet mir viel. Ich weiß nicht, wohin sie uns tragen wird in den nächsten Monaten. Aber ich werde da sein. Und das mit Hamburg machen wir. Versprochen.

7. Januar, 14:05 Uhr

So, meine Liebe, ab morgen verabschiede ich mich dann mal ins Krankenhaus. Übermorgen ist die Operation. Sie werden einen Teil dieses Gebildes herausnehmen, um dann genau zu analysieren, um welche Spielart von Lymphom es sich handelt. Ich hätte ja am liebsten gleich das ganze Ding raus. Was weg ist, ist weg. Aber Lymphome bekämpft man wohl anders. Sie sollen sich unter der Therapie zurückbilden.

Das Vorgespräch mit dem Professor war sehr gut. Auf Anhieb ein wirklich angenehmer Mensch. Kleine Welt: Sein bester Freund ist einer meiner Autoren. Ein freier Mitarbeiter. Ein paar Mal im Jahr liefert er einen Radiobeitrag für das Magazin am Samstagmorgen. Na ja, so hatten der Prof und ich gleich einen Draht zueinander. Ich weiß, das sind Kleinigkeiten, und deshalb operiert er nicht besser oder schlechter. Aber mir gibt es ein gutes Gefühl. Ich habe Vertrauen. Er wird dann erst unter der Operation entscheiden, wie viel er wegnimmt. Da verläuft ein ziemlich sensibles Nervengeflecht, das will man ja nicht ohne Not gefährden.

Dann denk mal an mich und drück mir alle verfügbaren Daumen, dass alles gut geht! Ich werde wahrscheinlich ein paar Tage abtauchen. Wer weiß, ob und wie viel ich aus dem Krankenhaus schreiben kann …

8. Januar, 15:17 Uhr

Liebe Sarah, von wegen abgetaucht. Weit gefehlt! Das hier ist eine Art Vier-Sterne-Hotel. Oder fünf? Ich weiß nicht, ich kenne mich da nicht so aus. Aber wie ein Krankenhaus wirkt es nicht. Das Zweibettzimmer ist riesig, ich habe den Platz am Fenster. Da steht ein großer Lesesessel mit hoher Lehne, in dem ich es mir gerade gemütlich gemacht habe. Ein Tisch, zwei Lederstühle für Besucher. Im Bad könntest du tanzen. Unter einer Regendusche versteht sich. Da ist ein riesiger Fernseher an der Wand und zusätzlich ein kleiner, individueller Monitor mit Schwenkarm am Bett. Du wählst aus einer Liste, was du mittags essen möchtest. Morgens und abends gibt es ein Büfett. Ich wusste nicht, dass es so etwas gibt.

Den Tag über haben sie noch allerlei Befunde erhoben. Eine Assistenzärztin hat mir alles sehr ausführlich erklärt. Sie machte das total engagiert, hatte extra eine anatomische Zeichnung angefertigt, um mir zu erläutern, was sie vorhaben und wie genau sie vorgehen werden. Sie machte das kurz und klar und dabei so freundlich und charmant, dass ich kurz dachte, sie braucht kein Seminar mehr „Kommunikation für Ärztinnen und Ärzte". Oder sie hat es längst besucht. Ich machte ihr ein Kompliment. Dann haben wir noch ein wenig geplaudert. Überhaupt habe ich das Gefühl, hier sind alle sehr motiviert. Sie hat mir erzählt, dass sie sich sehr bemüht hat, hier noch ein Jahr arbeiten zu dürfen. Scheint eine besondere Station zu sein.

Neben mir liegt ein Patient, der schon seit vier Wochen hier ist. Eigentlich mögen sie diese Kombination nicht: ein Langzeit- und ein Kurzzeitpatient. Muss ja auch frustrierend sein für den, der lange da ist, mitzuerleben, wie einer nach kurzer Zeit das Haus wieder verlässt. Aber der Mann neben mir nimmt es gelassen. Er hat Darmkrebs. Das zweite Mal. Die OP war erfolgreich, aber jetzt verheilt irgendwas nicht richtig. Seine gute Laune und seinen Humor lässt er sich nicht nehmen. Und er ist ein echter Rock 'n' Roller. Erzählt von all den großen Konzerten, auf denen er in den letzten Jahren gewesen ist. Er ist 72 Jahre alt, die erste OP war vor acht Jahren. Seine Frau kommt jeden Tag, ich habe sie heute schon kennengelernt. Sie ist eine echte Lady. Die beiden haben diese letzten Jahre ausgekostet. Richtig so!

So, meine Liebe, ich mach mal Schluss. Gleich kommen Sophie und Lena. Morgen früh um zehn bin ich dran.
Liebe Grüße!

Hey Tim, ich habe gerade nicht viel Zeit. Ich schreib dann lieber später mehr, wenn du schon die OP hinter dir hast und vielleicht auch schon mehr weißt. Aber das scheint ja ein guter Ort zu sein, an dem du da gelandet bist. Ich bin mir sicher, da bist du gut aufgehoben. Ich denke morgen früh an dich. Grüß Sophie und Lena von mir!
Umarmung
Sarah

10. Januar, 20:23 Uhr

Liebe Sarah, was soll ich sagen, dieses Vier-Sterne-Hotel hat sich nun doch in ein Krankenhaus verwandelt. Nach der OP gestern soll ich für ein paar Stunden ungefähr so blass gewesen sein wie mein Kopfkissen. Das sagt jedenfalls der Pfleger, der mich den Tag über begleitet hat. Ich wollte immer aufstehen, aber er hat mich nicht gelassen.

Er hatte wohl Sorge, dass ich umfalle. Abends war es dann so weit, und ich durfte ein paar Schritte machen.

Die OP ist gut verlaufen, der Professor ist zufrieden. Wie geplant haben sie ein knapp sechs Zentimeter großes Teil rausgeholt. Jetzt habe ich einen dicken Verband, der ordentlich drückt. Das soll er auch. Meine Schmerzen nach der OP auf einer Skala von 1-10? Das wird man gefragt, sobald man wieder einigermaßen ansprechbar ist. Sie lagen so ungefähr bei sechs. Dann haben sie irgendwelche Geschütze aufgefahren. Heute liegen sie nur noch etwa bei zwei. Der Pfleger findet das okay, aber ich hätte gerne noch etwas weniger. Ich habe ihm erzählt, dass ich zwölf Jahre lang Hospizarbeit gemacht habe. Und dass Schmerzen ja nun nicht sein müssten.

Bei der nächsten Visite strahlt mich der Arzt an. „Was machen die Schmerzen? Wir haben hier noch ungefähr zwanzig Schmerzmittel im Schrank. Die können wir alle einsetzen." Na also, geht doch.

12. Januar, 22:42 Uhr

Juhu, ich bin wieder zu Hause! Das war wirklich eine tolle Station. Super motiviertes Personal, klasse Ärztinnen und Ärzte. Sarah, du glaubst nicht, was mir noch am letzten Abend passiert ist. Wie immer kam die Mitarbeiterin mit dem Büfett: Brötchen, Aufschnitt, Käse, Salate, … Dann fragte sie noch: „Was wollen Sie trinken?" Es war ja der letzte Abend für mich, da habe ich spontan gesagt: „Ein kühles Bier wäre jetzt schön. Aber das haben Sie ja nicht." – Darauf sie: „Och, warten Sie mal. Ein Bier? Ich geh mal ins Getränkelager." Dann hat sie ihren großen Schlüsselbund gezückt und ist um die Ecke verschwunden.

Nach drei Minuten kam sie wieder. „Ist zwar nicht gekühlt, aber bitte sehr, hier ist Ihr Bier!" Unglaublich, oder? Inzwischen hatte sich das Krankenhaus wieder in das Luxushotel der ersten Tage zurückverwandelt. Wir haben uns gar nicht mehr eingekriegt. Mein Bettnachbar geriet ins Schwärmen und überlegte schon, welchen Weißwein er sich für seinen letzten Abend bestellen würde. Ganz großes Kino. Für einen Moment hatten wir beide vergessen, was da in uns schlummert, und hatten einfach nur Spaß. Prost, meine Liebe! Bis die Tage! Ich schreib dir noch, wie es jetzt weitergeht.

Tim, entschuldige, dass ich zwischendurch nicht geantwortet habe. Hier ging es drunter und drüber. Stress mit dem Ex. Geldfragen. Wie immer. Aber das gehört nicht hierher. Es hat mir halt nur die Zeit geraubt. Und die Kraft. Aber damit will ich dich nicht beschäftigen. Du hast jetzt andere Sorgen. – Freut mich, dass du es so gut erwischt hast in dem Krankenhaus und dass erst mal alles gut verlaufen ist. Halt mich auf dem Laufenden, ja? Liebe Grüße!

24. Januar, 18:43 Uhr

Hey Tim, alles klar bei dir? Hab ein paar Tage nichts gehört. Was bedeutet das?

Ach nichts, liebe Sarah. Vielleicht nur, dass ich erschöpft bin. Habe ein weiteres CT absolviert, ich kann dir gar nicht mehr sagen, wofür sie das nun noch brauchten. Dann wurden die Fäden gezogen. Der Chirurg ist zufrieden. Und ich sammle Narben. Eine zieht sich ja schon den Rippenbogen entlang. Das war 1999. Die Notfall-OP. Dann die Tage auf der Intensivstation. Erinnerst du dich? Jetzt gibt's also noch eine hübsche Narbe unter der Achsel. Ist schon okay. Die sieht man ja nicht so.

Gestern dann das entscheidende Gespräch mit der Onkologin im Krankenhaus. Sie wird mich durch die nächsten Monate führen. Eine erfahrene Ärztin. Sie macht das seit zwanzig Jahren. Man hat ja so ein Gefühl, ob man sich gut aufgehoben fühlt. Das habe ich bei ihr. Sie strahlt Sicherheit aus. Sie weiß, was sie tut. Gestern hatte sie also meine Befunde vor sich. Die Probe, die sie herausgeschnitten haben, wurde eingehend analysiert. Es ist ein Hodgkin-Lymphom, das sich gerade in ein Non-Hodgkin-Lymphom transformiert. Auf dem Befund steht „T-Zell/Histiozyten-reiches B-Zell-Lymphom". Viele haben das eine oder das andere. Ich habe irgendwie beides.

„Sie sind eine Rarität", sagte meine Ärztin. Hurra! Ich wusste schon immer, dass ich etwas Besonderes bin. Aber was soll das heißen? Spontan muss ich schmunzeln. Du bist auch eine Rarität. Sophie ist eine Rarität. Unsere Töchter sind jede für sich etwas vollkommen Wunderbares und Einmaliges. Nur ist das hier leider kein Anthropologie-Seminar an der Uni. Wir philosophieren nicht über das Menschsein. Sondern ich sitze in der Sprechstunde und meine Ärztin erläutert mir meine Krebsdiagnose. Und da bin ich ehrlich gesagt nicht so gerne eine Rarität. Da wäre ich lieber Standard. Irgendwas Leichtes, Klares, Eindeutiges. Aber so eindeutig ist es wohl nicht in meinem Fall.

Frau Dr. Langenberg findet das aber nicht besorgniserregend, sondern nur interessant. Wie Ärzte halt bestimmte Diagnosen interessanter finden als andere. Es hat Folgen für die Therapie. Das eine behandelt man so, das andere so. Vielleicht muss man in meinem Fall den Verlauf etwas genauer beobachten, aber mehr scheint es erst mal nicht zu bedeuten. Sie sagt: „Das ist machbar. Sucht sich keiner aus, aber das kriegen wir hin." Ich bin eine Rarität, aber ich bleibe an der Behandel-Bar. Na gut. Dann sei es so.

Jetzt stehen noch weitere Untersuchungen an. Um ganz sicher zu gehen. Um bestimmte Dinge auszuschließen. In den nächsten Tagen machen wir noch ein MRT vom Kopf und eine Knochenmarkspunktion. Letztere stelle ich mir nicht so schön vor. Aber man wird wohl sediert für den Moment…

Jawohl! Das kriegen wir hin, Tim! Aber es ist ja mal wieder typisch, oder? Da dichtest du diesen kleinen Song, schreibst was von „anders" und „besonders", und schon kriegst du es schwarz auf weiß: Du bist eine Rarität. Medizinisch betrachtet. Ein Einzelfall, schwer zu deklinieren. Aber gut, dann sei es so. Solange die Ärztin das nur interessant findet und nicht besorgniserregend, ist ja alles gut.

Ja, hoffen wir mal, dass es so ist. Kommando „Zuversicht". Next Stop: Knochenmarkspunktion am 28.01. Wie geht es dir überhaupt? Falls die Frage gerade erlaubt ist.

Klar, warum nicht? Ehrlich gesagt: könnte besser sein. Also auftragsmäßig, meine ich. Das neue Jahr liegt noch ziemlich unberührt vor mir. Voller ungeahnter Möglichkeiten. Man könnte auch sagen: Nichts los hier. Tote Hose. Eine Freundin und ich hatten ein Radiofeature geplant. Das funktioniert immer gut mit ihr. Aber wir sind erst mal durchgefallen mit der Idee. Sie haben sich in der Konferenz für andere Themen entschieden. Mal gucken, ob wir es anderswo unterbringen können. Mal hast du Glück, mal hast du Pech. Du kennst das ja.

Zwei Trauerfeiern hatte ich immerhin. Die Bestatter buchen mich jetzt wohl etwas regelmäßiger als freie Rednerin. So halte ich mich über Wasser, wenn sonst nichts reinkommt. Die beiden Fälle waren jetzt auch nicht so dramatisch. Was ich mal wieder kurios fand: Da sitzen die Angehörigen vor dir, traurig, noch ein bisschen durcheinander, und gucken dich manchmal noch ganz fassungslos an, weil es so schnell gegangen ist. „Unsere Mutter ist ganz plötzlich verstorben. Wir hatten überhaupt nicht damit gerechnet." Und du weißt schon aus den Papieren, dass die Gute 89 Jahre alt war. Überhaupt nicht damit gerechnet? Womit rechnen die Leute denn? Und wenn ich dann ein wenig nachfrage, mich vorsichtig erkundige, dann erzählen sie wirklich, nein, mit dem Tod hätten sie sich noch gar nicht beschäftigt. Auch ihre liebe Mutter hätte nie davon gesprochen. Das ist schon seltsam manchmal.

Ich hoffe, ich darf das hier schreiben. Es drängt sich irgendwie auf gerade. Ich meine, wir zwei werden hier mal eben mitten im Leben hin- und hergeschleudert und lernen gerade wieder, dass nichts selbstverständlich ist: zu leben, eine Familie zu haben, Freundinnen und Freunde. Was für ein Geschenk! Dann hast du plötzlich so eine Diagnose. Die Angst, die Zuversicht, die ganzen Gefühle. Aber nicht jeder macht irgendetwas dieser Art durch im Leben. Manche mogeln sich halt daran vorbei. Die haben einfach Glück gehabt. Ist ja erlaubt. Nichts gegen ein langes, erfülltes Leben. Oder auch nur ein ganz normales, mehr oder weniger erfülltes Leben.

Als es um den Text in der Traueranzeige ging, wollten sie tatsächlich schreiben „Plötzlich und unerwartet ist unsere liebe Mutter von uns gegangen“. Wie gesagt: geboren 1930! Sie war ein junges Mädchen von 15 Jahren, als der Krieg zu Ende war. Plötzlich und unerwartet? Da sollte man doch mal vorsichtig seine Erwartungen überprüfen oder lieber doch einen anderen Text auswählen. Am Ende wurde es tatsächlich: „Nach einem langen und erfüllten Leben …“ Ist schon ein schräger Job, den ich da habe.

Diese Familie mit der 89-jährigen Mutter ist tatsächlich auf ganz ruhigem Fahrwasser durchs Leben geschippert. Keine ernste Krankheit, kein Unfall, nichts, was das Leben jemals irgendwie erschüttert hätte. Ihr Mann hat sie irgendwann verlassen, aber das ist gut vierzig Jahre her. Sie haben schon lange keinen Kontakt mehr zu ihm, die Kinder auch nicht. Tja, da kommt der Tod vielleicht wirklich plötzlich und unerwartet um die Ecke. Obwohl er sich von außen betrachtet verdammt viel Zeit gelassen hat im Falle dieser alten Lady.

Verstehe. Aber trauern dürfen sie ja schon, auch nach 89 Jahren, oder? Vielleicht heißt „plötzlich und unerwartet“ dann einfach: Es war eine schöne, lange Zeit. Wir haben sie gerne bei uns gehabt. Und jetzt müssen wir plötzlich Abschied nehmen.

Na klar. So habe ich die Familie auch erlebt. Sie sind ehrlich traurig, und das ist schön, weil es zeigt, wie sehr sie verbunden waren. Trotzdem wundere ich mich darüber, dass viele Familien so gar nicht über den Tod sprechen. Oder zum Beispiel über eine Art Lebensbilanz: „Kannst du eigentlich zufrieden gehen? Hättest du dir etwas anders gewünscht? Ist noch etwas offengeblieben? Mal angenommen, wir können es ein wenig mitbestimmen: Wie möchtest du gerne sterben? Was brauchst du dann?“ Darüber könnte man doch mal sprechen zu Lebzeiten. Zum Beispiel, wenn man sowieso gerade die Patientenverfügung aufsetzt. Vielleicht sagt die eigene Mutter dann schon einen Satz, den sie gerne über ihrer Traueranzeige haben möchte. Aber viele machen das einfach nicht. Und können dann ganz wenig darüber sagen, was die verstorbene Mutter wohl gedacht und empfunden hat.

Haben wir's vielleicht besser? Vielleicht hat man ja viel mehr Glück gehabt, wenn man Krisen durchstehen musste. Ich meine, wir zwei schmecken das Leben, oder? Das süße, das bittere, alles, was dazu gehört. Wie beim Power-Rafting. Also lass uns die nächste Stromschnelle nehmen, ja? Mit Schwung! Und wenn wir kentern, richten wir uns schnell wieder auf!

Einverstanden! So machen wir das! Ich bin jetzt wohl etwas müde. Können wir morgen noch mal schreiben oder die nächsten Tage?

Gerne. Ist okay. Bis dann, mein Lieber!

26. Januar, 14:57 Uhr

Hey Sarah, ich hänge hier etwas durch. Diese Warterei ist auch irgendwie doof. Hast du Lust auf ein Spiel? Wie wär's mit Kindheitserinnerungen? Natürlich nur die schönen, denn wir wollen uns ja an ein glückliches Leben erinnern, oder? Zum Beispiel so: Jeder nennt dem andern einen Ort oder ein Lebensalter. Und dann sind wir mal gespannt, was uns dazu einfällt.

Hallo Tim, was für eine feine Idee! Dann schlag mal was vor!

Na, dann gehen wir doch mal zurück zu uns aufs Dorf. Ihr Mädels seid zu Besuch …

Das ist leicht. Da muss ich immer an das große Treppenhaus in der alten Schule denken. Man konnte sich auf das Treppengeländer setzen wie auf ein Schaukelpferd und dann herunterrutschen. Die Schule war schon lange zu, eine Art „Lost Place". Aber dein Vater hatte ja noch den Schlüssel. Das war unser kleines Geheimnis. Der reinste Abenteuerspielplatz. Wir rasten die Treppe rauf bis unters Dach. Bis in den dritten Stock. Und dann rutschten wir rückwärts auf dem Geländer herunter. Ich hab mich immer mit dem Oberkörper ganz flach aufs Geländer gelegt, dann wurde ich richtig schnell vor der nächsten Kurve, die mich wieder unsanft ausbremste. Ein unglaublicher Spaß! Wir lachten. Wir waren glücklich. Und wir überlebten. Wir hätten ja auch geradewegs aus dem dritten Stock das Treppenhaus herunterfallen können. Taten wir aber nicht. Die Eltern? Haben nie etwas gesagt.

Oh ja! Ich krieg jetzt noch Herzklopfen. Das war irre. Und was schlägst du vor? Wohin soll ich meine Gedanken schicken?

Och, bleiben wir doch bei euch im Dorf. Wir waren ja auch gern draußen, oft stundenlang.

Okay. Lass mich nachdenken … Schlittenfahren im Winter! Anfang der 70er. Vielleicht waren wir sechs und acht, auf jeden Fall im Grundschulalter. Die Hauptstraße führte ja diesen lang gezogenen Hügel hinauf, von der Kirche unten im Tal hinaus aus dem Ort, weißt du noch? Na ja, Tal ist übertrieben. Aber immerhin. Die Straße zog sich bestimmt mehrere Hundert Meter hinauf, wir mussten lange durch den Schnee stapfen, bis wir ganz oben waren.

Am Wochenende waren alle Kinder auf den Beinen. Die Straße gehörte uns! In so einem Winter wart ihr auch mal zu Besuch, Becci und du. Dann sind wir zusammen gefahren, du vorne und ich hinten. Ich musste steuern und war mächtig stolz. Du hattest rosa Wangen von der kalten Luft. Und wenn du vorne auf dem Schlitten saßt, wehte mir deine blonde Mähne manchmal ins Gesicht, und ich fand noch am Abend irgendwo an mir ein langes Haar von dir. Es war toll.

Ach, wie schön. Ja, ich erinnere mich, das war eine tolle Piste. Irgendwann wurde es dunkel und wir mussten rein. Manchmal gab es noch einen heißen Kakao. Die Klamotten mussten wir vorn im Eingang ausziehen. Auf dem Steinfußboden bildeten sich riesige Wasserpfützen. Ich war immer traurig, wenn wir wieder nach Hause fahren mussten.

Dann lass uns doch mal ganz woanders hingehen. Zum Beispiel in den Sommerurlaub, weißt du noch?

Das haben wir ja öfter gemacht. Wann ungefähr?

Ich kann das immer so schwer schätzen. Vielleicht war ich 11 oder 12 … Nicht mehr ganz Kind, noch nicht ganz Jugendlicher. Die Bilder verschwimmen. Aber ein paar Szenen wüsste ich noch.

Also gut, ein Sommer in Südfrankreich und wir beide etwas älter. Wir hatten ein großes altes Haus in einem Dorf direkt am Gardon gemietet. Irgendwo in der Nähe von Nîmes. Die Eltern waren unten in diesem kleinen Gärtchen. Von einer Terrasse aus konnte man ins Tal gucken. Wir Kinder spielten im Haus. Ganz oben waren die Kinderzimmer, es gab zwei Stockbetten. Wir dachten uns eine Art Rollenspiel aus. Becci war schon damals die Ärztin. Wir beide waren ein Liebespaar, das auf seiner Urlaubsreise einen Unfall hatte und ins

Krankenhaus musste. Becci untersuchte dich eingehend und horchte dich mit großem Ernst ab. Wir fantasierten irgendeine Romanze, wurden herzzerreißend getrennt. Ich musste eine Operation überstehen. Am Ende hatten wir uns natürlich wieder und waren auch wieder gesund. Irgendwann hatten wir Hunger und liefen runter zu den Eltern, die in der Abendsonne auf der Terrasse saßen und eine gute Zeit hatten. „Und, was habt ihr gemacht?", fragten sie. Darauf Becci: „Wir haben Arzt gespielt!" Für eine lange Sekunde sah ich in leicht fragende Erwachsenenaugen. Aber es war alles harmlos geblieben. Es war schön. Es war vertraut. Wir waren in unserer eigenen Welt. Wir waren wie Geschwister.

Ja, genauso war das. Wie Geschwister. Ich glaub, ich kann nicht mehr. Zu viel Glück ist auch nicht gut.
Pause?

Och nö, komm, eine noch. Wenn wir in Südfrankreich waren, dann müssen wir jetzt auch nach Schweden! Das war vielleicht zwei, drei Jahre später …

Okay, eine noch. Der letzte gemeinsame Sommer auf Öland. Du warst 13 und ich 15. Ich trug meistens Jeans und meine geliebten Cowboystiefel. Ich erinnere mich an einen dieser Abende an der Westküste. Kalksteinfelsen hatten sich zu bizarren Formationen aufgeschichtet. Entlang der Küste gab es immer wieder diese geschützten Nischen, in die man hinunterklettern konnte. Dazu natürliche Stufen in den Steinen, auf denen wir uns in großer Runde lagerten. Die flachen Felsen führten in Stufen hinab ins Meer. Auf den ersten zehn Metern war das Wasser nur knöcheltief, und die Felsen waren rutschig. Dann kam eine Stufe, und das Wasser ging einem plötzlich bis zu den Knien. Vielleicht stieß man noch auf eine Art Becken, in dem man stehen konnte, bevor dann eine Felskante kam und sich das Meer ganz plötzlich dunkel und viele Meter tief unter einem auftat. Ich fühlte mich mutig, wenn ich dann noch zehn Meter rausschwamm und wieder zurück.

Vater machte das Lagerfeuer und zeigte mir, wie man am besten das Holz aufeinanderschichtete. Später grillten wir auf der Glut Würstchen. Einmal explodierte ein Stein, und ein Bruchstück fiel glühend heiß in den Ausschnitt meines T-Shirts, weißt du noch? Aber ich trug das Shirt offen, also fiel der Stein einfach hindurch. Es gab erst einen riesigen Aufschrei, und dann kriegten wir uns nicht mehr ein vor Lachen.

Wir Kids kletterten ein bisschen unten an der Küste entlang und warfen Steine ins Meer. Irgendwann hörten wir die Gitarre. Deine Mutter hatte sie immer dabei. Als wir zurück waren, hab ich mich neben dich gesetzt. Wir beide guckten aufs Meer in den Sonnenuntergang. Du sagtest nichts. Ich sagte nichts. Aber ich fühlte mich dir nah. Ohne dass ich dieses Gefühl mit meinen 15 Jahren auch nur ansatzweise in Worte hätte fassen können. Nur so neben dir zu sitzen, war genug. Es tat mir gut.

Hach, Tim, mein Lieber, wir waren schon ein bisschen verknallt, oder?

Ja, bestimmt. Aber wie gesagt: Ich war 15 und hatte weder den Mut noch die Worte.

Stell dir mal vor, wir hätten sie gefunden, die Worte. Du hättest dich getraut. Oder ich hätte mich getraut.

Tja … ich meine, wir wohnten damals schon ungefähr 400 Kilometer auseinander. Hat uns das vielleicht auch gebremst? Nach dem Motto: Wohin soll es denn führen?

Nun ja … erst mal hätte es zu drei sehr besonderen Wochen führen können. Da waren wir wirklich das letzte Mal zusammen, oder? So als Familien meine ich. Unsere kleine Revival-Tour war dann erst Anfang der 90er. Mit dem Trip nach Stockholm, weißt du noch? Hach, ich würde wirklich gerne noch mal auf die Insel. Es Pia zeigen. Noch einmal mit allen zusammen sein. Aber das haben wir verpasst. Wir sind nie mehr vollzählig. Jedenfalls nicht in diesem Leben. Lukas fehlt. – Gibt es nicht irgendwo noch ein Fotoalbum aus diesem Urlaub? Hat Lukas nicht laufend fotografiert damals mit seiner neuen Kamera und dann später ein ganzes Album daraus gemacht?

Stimmt! Aber ich habe das nicht. Ich müsste mal bei meiner Mutter stöbern, wenn ich das nächste Mal da bin.

Oh ja, das wäre super. Ich wäre total gespannt, das noch mal zu sehen!

28. Januar, 7:10 Uhr

Guten Morgen Sarah! Gleich geht's los. Ich werde mit dem Taxi abgeholt zur KMP. So nennen sie das. Im Krankenhaus hat alles eine Abkürzung. Die Knochenmarkspunktion ist für 8:30 Uhr angesetzt. Bin ein bisschen aufgeregt. Wünsch mir Glück!

Jawohl, mein Lieber! Ich drücke alle verfügbaren Daumen! Wie sagst du manchmal: Im schlimmsten Fall geht alles gut. Also: wird schon werden! Schreib mir ruhig nachher mal, wie es gelaufen ist, ja?

Ja, mal gucken. Sonst morgen. Ich glaube, das Taxi fährt gerade schon vor. Die sind früh dran heute. Bis dann!

28. Januar, 14:35 Uhr

Hallo, liebe Sarah! Bin schon wieder zu Hause. Heute habe ich den besten Kaffee seit Langem getrunken! Und zwar im Krankenhaus. Ich bin überhaupt erst von diesem Kaffeeduft aufgewacht. Und dann, ich war noch ein wenig benommen, die freundliche Stimme der Schwester: „Na, sind Sie wieder wach? Möchten Sie einen Kaffee?" Unter mir, hinten rechts unter der Hüfte, ist ein dicker Verband. Ich liege da auf einem kleinen, festen Kissen, wahrscheinlich einem Kirschkernkissen oder etwas Ähnlichem, das beharrlich gegen meinen Hüftknochen drückt. Bestimmt, damit es keinen Bluterguss gibt. Darin bin ich ja gut. Nachblutungen, Blutergüsse, das ist mein Spezialgebiet. Also bleib ich mal schön mit allem Gewicht darauf liegen. Ein leicht stechender Schmerz, aber sonst ist alles okay. Ich hatte ja heute Morgen noch nichts gefrühstückt. Nur ein Glas Wasser. Und dann der Duft von Kaffee. Als hättest du ausgeschlafen und noch nichts weiter vor. Und irgendjemand hat schon Kaffee gemacht. Herrlich! Mit einem routinierten Lächeln bringt mir die Schwester einen großen Pott. Das tut richtig gut. Links und gegenüber von mir die beiden anderen KMP-Opfer des Morgens. Sie döst noch vor sich hin, und er schlürft auch schon an seiner Tasse und nickt mir freundlich zu.

War alles halb so wild. Ich kam in einen kleinen Behandlungsraum. Eine Ärztin, eine Schwester, viel Routine. Die Ärztin lamentierte ein wenig vor sich hin. Sie wollte noch eine Besprechung erreichen. Erst war wohl nur ich vorgesehen, dann standen da gleich drei Knochenmarkspunktionen auf ihrem Plan. Sie war verärgert. Bei ihr klang das, als müsse sie irgendwelche Akten bearbeiten. Lesen, abzeichnen, weiterleiten. Eine KMP scheint also Kleinkram zu sein. Das macht man so eben vor der Dienstbesprechung.

„Das erste Mal bei Ihnen?" – Ja, sagte ich und dachte dabei: Aha, man kann das hier wohl auch öfter haben. Je nach Verlauf wahrscheinlich. Sie erklärte noch mal kurz, was sie tun wird, dann legten sie mich in einen leichten Schlaf – und wenig später wachte ich bei Kaffeeduft in einem anderen Raum wieder auf. Das war alles.

Na gut, seit ich wieder zu Hause bin, fühle ich mich ein wenig wie vom Pferd getreten. Ich muss aufpassen, wie ich mich hinsetze oder -lege. Sophie sagt, ich bin noch etwas wackelig auf den Beinen. Wahrscheinlich lege ich mich nachher noch ein bisschen hin. Aber sonst: Alles gut. Du kannst die beiden Daumen wieder loslassen.

Na, das ist doch schön, mein Lieber. Da hast du wieder etwas geschafft. Glückwunsch! Wie geht's noch mal weiter? Wann erfährst du, was sie nun alles herausgefunden oder ausgeschlossen haben?

Das MRT vom Kopf ist in drei Tagen, am Donnerstag. Eine Woche später bin ich wieder zum Gespräch bei meiner Onkologin. Dann sehen wir weiter. Wenn jetzt keine weiteren Überraschungen auftauchen, gibt es vielleicht schon einen Behandlungsplan. Das hat sie jedenfalls beim letzten Mal so angedeutet.

29. Januar, 9:53 Uhr

Hey Sarah! Ich hatte heute Nacht einen Traum. Die Frau im Traum sah zwar nicht aus wie du, sie hatte lange, rote Haare, aber gefühlt warst du das. Zu hundert Prozent. Es war sehr intensiv. Und verwirrend. Wie Träume halt manchmal sind. Zum Glück bin ich aufgestanden, es war nachts um halb drei, bin runtergegangen, habe mir einen Stift genommen und ein Blatt Papier und habe alles schnell aufgeschrieben:

Lieber Traum
Du hast rote Haare
wo sind all die Jahre
wieso liegst du hier an meiner Seite

ich hab dir geschrieben
wo bist du geblieben
geh nicht weg, komm, wir suchen das Weite
ich hab da gestöbert
ganz kurz nur gezögert
dieses Bild hab ich wiedergefunden
ich kann es nicht lesen
da scheint was zu fehlen
mitten drin ahne ich deine Wunden

Es ist nicht wie früher
ich fühle mich freier
was da fehlt, hab ich nie ganz verstanden
ich berühr deine Haut
wir sind uns vertraut
bitte bleib, komm mir jetzt nicht abhanden

Es ist so schön warm
halt mich weiter im Arm
ich fühl mich geliebt und gestrandet
ich kenn dieses Zimmer
ich kann mich erinnern
Doch wie sind wir zwei hier gelandet
ich bin da verletzt
wieso merk ich das jetzt
wo ist nur die Salbe geblieben
die Koffer im Flur
was sollen die hier
halt mich fest, denn ich bleib bei dir liegen

Es ist nicht wie früher …

Plötzlich wache ich auf
und es ist nur ein Traum
diese Bilder verstörend und schön
ich schreib alles auf
und ich wage es kaum
denn ich frag mich, was ist da zu sehen
dieser Brief einst geschrieben,
die Wunde, die leckt
in dem Zimmer geblieben,
die Sehnsucht geweckt
das Bild, wo was fehlt,
die Koffer im Flur
die Frau, die mich liebt,
was bedeutet das nur
Was da fehlt, hab ich nie ganz verstanden
lieber Traum, komm mir jetzt nicht abhanden

Das hab ich einfach so runtergeschrieben in zehn Minuten. Dann konnte ich wieder schlafen. Das mit dem Bild war seltsam. Im Traum bist du aufgestanden, und ich bin kurz allein in dem Zimmer. Ich gucke, ob du auch nicht wiederkommst, und schleiche mich zu einer alten Kiste auf dem Fußboden. Ich blättere durch ein paar Schallplatten und ein paar alte, gerahmte Bilder. Dann eine Pappe, schwarzer Fotokarton. Darauf eine Collage von Urlaubsfotos. Könnte Schweden sein. Aber mittendrin fehlt ein Foto. Es ist abgetrennt worden, man sieht noch die Spuren vom Klebstoff. In der Mitte müsste das Foto ganz dünn sein oder etwas ausgerissen, denn da klebt noch etwas Papier auf der schwarzen Pappe. Dann höre ich dich zurückkommen und krieche schnell wieder unter die Decke.

30. Januar, 12:10 Uhr

Hallo Sarah, gehts dir gut? Du bist jetzt irgendwie meine Tagebuchleserin geworden. Ich hoffe, das ist weiterhin okay. Wenn nicht, musst du es mir sagen, ja? Was sagst du zu dem Traum?

Hey Tim! Verzeih, dass ich nicht gleich geschrieben habe. Hier war viel los. Was soll ich sagen? Wirklich verrückt dieser Traum. Wahrscheinlich hat dein Unterbewusstsein noch ein bisschen in Kindheitserinnerungen und Jugendträumen gestöbert …

Darf ich dir so was schicken?

Ja, mein Lieber. Ich bestehe darauf. Wie war das MRT? Ich weiß noch, dass das ganz schön lange dauern kann in dieser Röhre … Alles gut überstanden? Und haben sie schon irgendwas gesagt?

Ja, alles gut. Unsere Freundin Iris hat mich hingebracht. Sophie muss ja auch arbeiten, sie kann mich nicht immer fahren. Also ist Iris eingesprungen. Sie hat ihren Taxi-Dienst für die Töchter so umorganisiert, dass es passte. Wir waren pünktlich, aber dann war es da eine ziemliche Warterei. Hab erst mal über eine Stunde rumgesessen, bevor sie mich überhaupt aufgerufen haben. Zum Glück quatschte diesmal keiner irgendwelche Horrorberichte in sein Diktiergerät im Nebenraum.

Dann ging alles sehr routiniert. Du wirst aufgerufen und musst dich irgendwie auf diese schmale Liege zwängen, was diesmal gar nicht so einfach war wegen der Schmerzen hinten an der Hüfte von der Punktion. Dann legen sie dir einen Zugang, fixieren schließlich deinen Kopf – und los geht's, ab in die Röhre. Und dann dauert es. Und dauert. Und dauert. Eigentlich braucht man nur Geduld. Einatmen, ausatmen, abwarten. Wobei ich nicht weiß, was Menschen machen, die Platzangst haben. Die kriegen wohl irgendwas zur Beruhigung. Zum Glück ist das nicht mein Problem. Ich komme ganz gut klar mit diesen Geräten.

Irgendwann waren wir durch, und ich konnte noch einen Moment warten für einen ersten Blick auf die Bilder und eine erste Einschätzung. Zum Glück gibts nichts Besonderes zu sehen. Sprich: Das MRT ist ohne Befund. Hurra!

Großartig! Das freut mich. Jetzt hast du alles, oder?

Ja, ich glaube schon. Wobei ich nicht weiß, was bei der Knochenmarkspunktion herausgekommen ist. Die Ärztin meinte beim letzten Mal, davon hängt ab, ob wir mit der Therapie schon anfangen können oder noch irgendwas abgeklärt werden muss. Keine Ahnung. Wird schon werden. Jetzt warte ich noch bis zum 7. Februar, dann ist das Auswertungsgespräch, und vielleicht gibt es dann den Behandlungsplan.

Hey, das ist ja schon in einer Woche! Super! Dann kann es bestimmt endlich losgehen!

Du sagst das so, als würde ich auf eine Abenteuerreise gehen. Endlich ein Platz frei auf einem Frachter nach New York oder gerade noch nachgerückt für den Segeltörn im Mittelmeer.

Na ja, ein bisschen ist es ja so, oder? Zugegeben: eine unbekannte Reise. Du weißt nicht, wie viele Etappen es werden. Wie die Bordverpflegung sein wird. Ob Zwischenziele geändert werden oder vielleicht mal ein Umweg nötig ist. Du weißt nicht, ob das ein Abenteuer wird mit Sonne und kräftigem Rückenwind, bei dem du abends gemütlich an der Behandel-Bar abhängst, oder ob du stattdessen manchmal über der Reling hängst, angeseilt, weil die See stürmisch ist. Weißt du alles nicht. Aber du wirst verdammt gutes Personal an deiner Seite haben. Extra geschult und sehr erfahren. Die haben diese Tour mit sehr verschiedenen Gästen schon zigmal gemacht. Die kennen alle Gefahrenstellen und jede Wetterlage. Und jetzt lernen Sie dich kennen. Also ja: eine unbekannte Reise. Vor allem, weil du sie zum ersten Mal machst. Aber du hast die beste Crew, die du dir vorstellen kannst. Das heimische Unterstützerteam. Deine Freunde, deine Band, Sophie und Lena. Iris, die ihre Termine umschmeißt, um dich fahren zu können, Martin, der spontan vorbeikommt und dir zuhört. Und bestimmt noch andere, die ich gar nicht kenne. Was meinst du?

Sarah, du bist echt ein Schatz, weißt du das? Ich meine, dass ich da draußen vor allem ein gutes Netz brauche, damit ich dich jederzeit anfunken kann. So eine Art Hausnotruf auf hoher See.

Ich werde jedenfalls jederzeit auf Empfang sein, mein Lieber. Das weißt du.

Ja. Und das ist gut zu wissen. Ich danke dir. Also gehen wir es an. Dann werde ich mal die Koffer packen. Jedenfalls innerlich. Schluss für heute?

Ja, Schluss für heute. Umarmung! Hab eine gute Nacht!

Danke, du auch. Ich drücke dich aus der Ferne!

3. Februar, 23:05 Uhr

Hey Sarah, ich musste mal wieder etwas schreiben …

Unbekannte Reise
Ich werf dir einen Satz hin
und ziehe ihn zurück
ich kann hier nur noch tasten

ich such doch nur mein Glück
es geht mir an den Kragen
es rückt mir auf den Leib
ich hab so viele Fragen
was bleibt denn, wenn ich bleib

Ich lad dich ein
auf eine unbekannte Reise
denn ich wäre nicht gern allein
wärst du bereit
und sei es auch nur ausnahmsweise
und das für unbestimmte Zeit

Ich liebe dieses Leben
und lass es vielleicht los
ach was, das ist gelogen
die Sehnsucht ist noch groß
und wenn ich endlich wach bin
fühl ich mich seltsam leer
wie krieg ich diesen Tag hin
ich wünsche mich ans Meer

Ich lad dich ein
auf eine unbekannte Reise …

nichts gilt mehr als gesichert
das hab ich mir geschworn
bin manches Mal verwundert
doch deshalb nicht verlorn
ich will nie Zeit verschwenden
nicht einen Augenblick
beginnen und nie enden
das ist der Zaubertrick

Ich lad dich ein
auf eine unbekannte Reise …

Mal fühl ich mich geworfen
nichts ist mehr garantiert
mal fühl ich mich gehalten
was soll mir denn passiern
ich bin ja nie alleine
der eine sieht mich an
dass ich von ihm gemeint bin
ich glaube fest daran

Ich lad dich ein
auf eine unbekannte Reise …

Zauberschön!

Danke!

Der eine?

Ja. Wir sind in Kontakt. Ehrlich gesagt sprechen wir uns regelmäßig. Das tut immer gut.

7. Februar, 16:35 Uhr

Hey Tim, bist du da? War nicht heute der Termin? Ich guck schon immer aufs Handy, wenn es summt. Aber nichts von dir. Ist alles okay? Gibts was Neues?

Hallo Sarah, ja, alles ist okay. Nur ein bisschen aufregend gerade. Melde mich später.

Alles klar. Ich hatte gerade noch eine Idee: Willst du vielleicht eine Chatgruppe gründen? „Breaking News für Team Tim". Dann sind die wichtigsten Menschen um dich herum immer schnell auf dem neusten Stand. Und du kriegst gleich Rückenwind aus der ganzen Crew, wenn du ihn brauchst. Was meinst du?

7. Februar, 18:20 Uhr

Liebe Sarah, hier erst mal Breaking News exklusiv für dich. Das Gespräch ist gut gelaufen und endete mit: „Haben Sie noch ein Bett für den Herrn nächste Woche?" So die Ärztin am Ende zu ihrem Team nebenan, das die Termine auf der Onko-Ambulanz koordiniert. Es geht also los!

Ich bin weiterhin eine Rarität, auch die Knochenmarkspunktion warf noch irgendeine Frage auf. Aber das Wichtigste ist: Wir können loslegen! Es sei ein selteneres Krankheitsbild, aber sie mache das jetzt schon seit 20 Jahren und habe auch das schon erfolgreich behandelt. Und außerdem seien sie ja auch mit der Hämatologie in Köln verbunden und überhaupt. Ich frage noch, ob es eine Studie gibt, die für mich infrage kommt. Darauf hat mich eine Kollegin gebracht. Denn wenn du an einer Studie teilnimmst, stehst du natürlich unter besonders enger Beobachtung und wirst besonders gut betreut. Ich habe zumindest mal mit dem Gedanken gespielt. Aber in allen Studien geht es um Männer mit So-und-so-Lymphom ab 60 Jahren. Ich bin zu jung! Dass ich das noch mal erleben darf. „Dafür sind Sie noch nicht alt genug. Tut uns leid, hier kommen Sie nicht rein." Nun ja, egal. Hauptsache, wir fangen an.

Mein lieber Tim, ich fiebere schon mit. Ich will wissen, ob das auch alles gut funktioniert, ob du alles verträgst. Das weißt du ja auch noch nicht. Am liebsten würde ich einfach ein Jahr vorspulen. Obwohl… vielleicht auch nicht. Wer weiß, was für Erfahrungen die nächsten Monate bereithalten. Die schwere Zeit ist ja manchmal eine besonders kostbare Zeit.

Na ja, mal gucken, wovon ich nächste Woche kosten darf. Das werden ja nicht Milch und Honig sein oder Sekt und Orangensaft. Auf der Speisekarte stehen Chemo und Antikörper. Die Ärztin meint aber, die Chemo wird gnädig zu mir sein. Die ist also gut verträglich. Erfahrungsgemäß. Bei den Antikörpern gibt's am ersten Tag nur eine Art Probe-Dosis. Um zu gucken, ob und wie ich sie vertrage. Wenn alles gut geht, bekomme ich am zweiten Tag die volle Dosis. Diese Antikörper erkennen die Krebszellen gleichsam am „Gesicht" und zerstören sie. So hat mir das die Ärztin erklärt. In meinem Fall machen sie den Hauptjob bei der Therapie. Im ersten Monat (sie nennen es Zyklus) gibt es noch zusätzlich Tag acht und Tag fünfzehn. Da gibt es dann eine weitere Dosis von dem Zeug.

Frau Dr. Langenberg hat mir noch ein paar Sachen erklärt: Während der Therapie muss ich sehr auf mögliche Infektionen achten. Schon bei 38 Grad Temperatur soll ich mich melden. Dann müssen sie sofort reagieren, weil mein Körper in der Zeit ja total abwehrgeschwächt ist. Außerdem soll ich zu meinem Hautarzt gehen. Sie hat mich noch mal eingehend betrachtet und untersucht. Ihre präzise Diagnose: „Sie sind ein Hautmensch." Ihr Motto: Alles muss raus! Es gibt da wohl Zusammenhänge mit Hauterkrankungen. Da soll ich vorbeugen. Also gut. Mal schauen, was mein Hautarzt sagt.

Es gibt aber auch gute Nachrichten: Sie meint, das werden zwar anstrengende Wochen, ich werde oft sehr müde und kraftlos sein, aber ab dem zweiten Zyklus könnten dann auch Zeiten kommen, in denen es mir gar nicht so schlecht geht. Immer so ein bis zwei Wochen vor der nächsten Therapie. Und das Beste: Wenn es irgendetwas gibt, das mir Auftrieb gibt, ein Familienfest, an dem ich unbedingt teilnehmen möchte, ein Konzert, das ich spielen möchte, dann soll ich das rechtzeitig ansagen. Sie gucken sich dann den Therapieplan an und versuchen, die Behandlung so zu schieben, dass es möglich wird. Alles, was mir guttut, ist auch gut für die Therapie! Sie meint, es könne sogar sein, dass ich mich mal fit genug fühle, um etwas zu arbeiten. Bevor mir die Decke auf den Kopf fällt, soll ich mir halt ein Manuskript schicken lassen. Oder sogar mal eine eigene Sendung produzieren zwischendurch. Je nach Kraft und Lust und Laune. Dafür müsse sie mich nicht gesundschreiben. Interessant, oder?

Aber erst mal bin ich gespannt, wie ich alles vertrage. – Liebe Sarah, so ist der Stand der Dinge. Ja, es wird Zeit. Ich will auch, dass es losgeht.

Du darfst mal auf die Bühne zwischendurch? Oder ins Tonstudio für eine Sendung? Wie cool ist das denn?! Aber klar, ich kann mir gut vorstellen, dass das alles dazu beiträgt, die Krankheit zu besiegen. Es aktiviert dich. Antikörper und Chemo kommen von außen. Die brauchst du. Die haben einen Auftrag und den erfüllen sie. Aber deine eigene Kraft kommt von innen, die muss ab und zu Nahrung kriegen. Und zwar durch Resonanz, oder? Resonanz durch ein Publikum, durch deine Freunde in der Band, durch Kolleginnen im Studio. Ach, das wäre toll, wenn du wirklich irgendetwas davon erleben könntest. Ich wünsche es dir so sehr! Und eine ganz andere Resonanz holst du dir, wenn du ab und zu mit Sophie und Lena wegfährst. Mal nach Holland oder an den Rhein. Nichts Großes, aber vielleicht ab und zu mal etwas Besonderes. Nur so für euch zum Auftanken und Genießen. Wann genau geht's los nächste Woche?

Gleich am Mittwoch. Ich bin gespannt, wie alles wird. Wir probieren es mit einem Krankentransport, dann muss Sophie nicht fahren und warten. Darauf hat man Anspruch. Das stelle ich mir bequem vor.

Oha, der Herr hat dann einen Fahrer. Wie vornehm! Halte mich auf dem Laufenden, ja?

13. Februar, 10:00 Uhr

Hallo Sarah, jetzt bin ich da, heute starten wir in die Therapie. Ich muss mich an das Wort noch gewöhnen. Ich denke immer an therapeutische Sitzungen. Psychotherapie, vielleicht Ergotherapie, jedenfalls irgendein Setting, in dem eine Therapeutin mit mir arbeitet. Termine, die gut tun, ein Prozess, bei dem ich Fortschritte mache. Aber Chemotherapie? Ein Zugang in die Vene, was soll daran gut sein? Daran muss ich mich gewöhnen. Aber so nennen sie es hier. Wer hier einen Termin hat, kommt zur Blutentnahme, zum Gespräch oder zur Therapie – das sind die Möglichkeiten.

Alle sind sehr aufmerksam und zugewandt. Ich habe auch super mobiles Netz und kann jederzeit schreiben oder Nachrichten lesen. Ich bin als Erster reingekommen heute Morgen und konnte mir ein Bett aussuchen. Also habe ich das am Fenster genommen mit Blick nach draußen. 100 ml Antikörper in vier Stunden und danach eine Chemo, das ist der Menüplan für heute. Das dauert bis nachmittags um 16 Uhr. Wir tasten uns also vorsichtig heran. Sie wollen sehen, ob ich alles vertrage. Bevor es losgeht, gibt es noch eine Prä-Medikation. Etwas gegen Fieber, etwas gegen Übelkeit und ein Antiallergikum. Man muss sich wohl für den Tag auch etwas zu essen mitbringen. Das hat mir keiner gesagt. Nun ja, ich werd's überleben.

Na, die sind ja lustig drauf. Es müsste doch eine Art Checkliste geben fürs erste Mal. Aber du scheinst guter Dinge zu sein. Das freut und beruhigt mich. Das mit der Therapie finde ich interessant, dass du über das Wort stolperst, weil es bei dir so positiv besetzt ist. Deine Psychotherapie vor zwanzig Jahren: eine gute Erfahrung. Wenn Sophie jede Woche ihre Patienten besucht: Fortschritte Zug um Zug. Vielleicht kannst du das ja neu verbinden in deinem Kopf: Die Tage auf der Onko-Ambulanz sind Therapie! Etwas Gutes für dich. Du wirst Fortschritte machen!

Sarah, du Wunderbare, das ist ja großartig! So habe ich das noch nie gesehen. Plötzlich sehen dieselben Bilder ganz anders aus: der Eingang, die Anmeldung, die Behandlungsräume, die Patientenzimmer. Schwestern, die über die Flure huschen, Patienten, die warten, Ärztinnen, die zum Gespräch empfangen. Ich stelle mir vor, wie ich morgen mit federnden Schritten hier reinkomme: „Zur Therapie bitte!“ – Ich danke dir!
Umarmung
Tim

14. Februar, 9:37 Uhr

Hey Sarah, bevor ich gleich wegdöse, nur ganz kurz: Habe alles gut vertragen gestern. Heute gibt es dann 900 ml Antikörper und eine weitere Chemo.

15. Februar, 10:24 Uhr

Guten Morgen Sarah! Stell dir vor, ich bin gestern Abend schon um 19 Uhr ins Bett gefallen und fest eingeschlafen. Und erst um 9 Uhr heute Morgen bin ich wieder aufgestanden. Ich kann mich nicht erinnern, wann ich das letzte Mal so lange am Stück geschlafen habe. Sophie hat mir ein kleines Frühstück gemacht. Ich wollte Zeitung lesen, aber ich kann mich auf nichts konzentrieren. Das ganze Zeug hat mich wohl ziemlich abgeschossen. Nachher will ich einen kleinen Spaziergang versuchen. Wahrscheinlich nach einem Mittagsschlaf. Aber sonst habe ich alles gut überstanden.

Guten Morgen mein Lieber. Das scheint ja heftig zu sein. Du musst entschuldigen, ich hab heute einen vollen Tag. Erhol dich gut, ja? Liebe Grüße!

16:37 Uhr

Nachtrag: Wir waren spazieren. Die kleinste denkbare Runde. Nur 20 Minuten. Und ich gehe so langsam und wackelig wie ein 85-Jähriger. Unvorstellbar. Mir ist schnell alles zu viel. Schreiben, wenigstens kurz mit meiner Mutter telefonieren, nichts geht mehr so richtig.

23:17 Uhr

Hallo Tim, ich lese das gerade erst. Wenn du willst, machen wir ein paar Tage Pause, bis du wieder auftauchst aus dem Tal der Müden. Bestimmt schläfst du schon. I lay a whisper on your pillow… Sarah

27. Februar, 14:33 Uhr

Hey Sarah, mir ist langweilig. Bist du da?

Ja klar, bin auf Empfang! Heute ist schon wieder Therapie, richtig? Ich hatte vorhin mal bei euch angerufen, Sophie hat es mir gesagt. Bist du schon wieder zu Hause?

Nein, noch im Krankenhaus. Aber ich nehme ja immer mein Tablet mit. Da sind zwei, drei Serien drauf, dazu etwas zu lesen,… und ich kann schreiben, wenn ich will.

Und, wie ist es so?

Geht so. Mein Schlafrhythmus ist ziemlich durcheinander. Tagsüber schlafe ich ein und kann nichts dagegen tun. Abends wird es dann manchmal schwierig. Mit federnden Schritten durch die Tür kommen? Das geht nur im Kopf und auch nicht immer. Tatsächlich schleppe ich mich her.

Irgendwie muss ich hier die Zeit rumkriegen. Manchmal döse ich nur, dann gucke ich eine Serie. Lesen ist oft schon zu anstrengend.

Ich habe wieder das Bett am Fenster in dem Dreibettzimmer. Dann gucke ich auch einfach mal raus und beobachte die Leute. Alle halbe Stunde kommt eine Schwester rein, kontrolliert den Blutdruck und misst Fieber. Das wird fein säuberlich in eine Liste eingetragen. Dann erhöht sie die Dosierung. Sie fangen mit einer geringen Menge an und steigern dann langsam. Irgendwann bleibt es auf dem höchsten Level.

Wie sind denn die anderen Patienten so drauf? Sprecht ihr miteinander oder lasst ihr euch einfach in Ruhe? Bin ja gar nicht neugierig. :D

Ist eine Typfrage. Heute ist Ronnie, der Rocker, hier. Er schläft jetzt gerade wieder oder döst vor sich hin. Der ist sehr cool drauf. Obwohl er wirklich keinen Grund dazu hat. Aber er marschiert hier lässig rein in Jeans, Cowboystiefeln und Lederjacke. Dazu Armbänder und eine silberne Kette. Die ganze Aufmachung ist ein Statement. Der lässt sich nicht nehmen, wer er ist. Er ist angeschlagen, aber er ist noch da. So deute ich das. Er ist ziemlich abgemagert, hat 30 kg Untergewicht. Es wird und wird nicht besser. Irgendeine Form von chronischer Leukämie.

Das Schlimmste für ihn ist nicht die Krankheit selbst, sondern dass er nicht mehr arbeiten kann. Er war bei einem Forstbetrieb. Ein Job, bei dem du anpacken musst. Das geht natürlich schon lange nicht mehr. Man könnte ihn vielleicht noch ins Büro setzen, hat er überlegt, Terminplanung und Logistik. „Aber da sitzt ja einer. Dem kann ich ja nicht den Job wegnehmen." Seine Frau hat sich von ihm getrennt. Sie hat das nicht mehr ausgehalten. Job weg, Frau weg. Das sind Ronnies Probleme. Nicht dieses seltsame Gerät, das gerade ganz langsam und gleichmäßig irgendein Zeug unter seine Haut pumpt. Eine Art Riesenspritze, die mit seiner Bauchdecke verbunden ist. Angst vor der Krankheit? Nein. Angst vor dem Tod? Nein. Enttäuscht vom Leben? Ja. Immerhin kann er seinen Sohn ab und zu sehen. So ist es bei Ronnie, der gerade vor sich hin döst zwei Meter neben mir im nächsten Bett.

Das finde ich so verrückt. Ich denke immer, das größte Problem ist die Krankheit.

Ja, völlig verrückt. Und völlig normal. Denn das Leben ist jetzt. Es ist nicht wie früher, als Ronnie noch Familienvater war und morgens zum Forstbetrieb gefahren ist. Und es ist noch längst nicht, wie hoffentlich irgendwann mal, wenn die Therapie angeschlagen und er wieder zugenommen hat. Was zählt, ist heute. Und da muss Ronnie den Tag rumkriegen, allein und ohne Arbeit. Aber er ist da. Er kämpft. Das beeindruckt mich.

Und dann ist da noch Hans-Peter. Ein sehr herzlicher Typ. Er lacht und seine Augen funkeln, wenn er spricht. Rundes Gesicht, Dreitagebart, weiter Pulli. Rein gewichtsmäßig ist er das glatte Gegenteil von Ronnie. Er hat bestimmt zwanzig Kilo zu viel auf den Rippen. Er ist halt eher der gemütliche Typ. Hans-Peter ist nur ein Jahr älter als ich. Kaum kam ich heute rein, hat er mich angehauen. Wo ich denn herkomme. Vom Niederrhein? Und schon erzählt mir Hans-Peter von seiner Zeit in Duisburg. Da hat er im Hafen gearbeitet. Das muss eine Art Saisonarbeit gewesen sein. Ehe ich mich versehe, erfahre ich, was er für ein Zimmer hatte und welches Mofa er gefahren ist. Das Zimmer war laut, direkt an einer Straße gelegen. „Da brauchte ich keinen Wecker." Hans-Peter lacht. Er erinnert sich noch gut: Früh morgens kamen erst die Lastwagen, da konnte er sich noch mal rumdrehen, und dann irgendwann die Autos. Zeit zum Aufstehen. Arbeiten, Geld verdienen, gutes Geld, wie er betont, und dann abends eine Runde mit dem Mofa durch die Stadt oder ans Wasser. Das hat er genossen. „Manchmal dachte ich: Ist fast schöner als zu Hause", sagt er noch und hält inne. Ein Gespräch unter Männern. Plötzlich kommst du von der Arbeit im Duisburger Hafen auf den heimischen Hafen der Ehe – aus dem mein Bettnachbar schon damals auszubrechen versucht hat mit einem Mofa. Was er mir beim ersten Kontakt in der Onko-Ambulanz offenbart.

Diese Krankheit verbindet, das denke ich immer wieder mal, wenn ich hier mit anderen spreche. Hans-Peter hat sich tatsächlich von seiner Frau getrennt. Und ein paar Jahre später die Liebe seines Lebens kennengelernt. Vor einem Jahr haben die beiden geheiratet. Und vor einem halben Jahr kam die Diagnose. Plötzlich fließen Tränen aus diesen leuchtenden Augen. „Bei mir geht's nicht mehr um Heilung. Sie sagen, es geht nur noch um Lebensqualität." Bestimmte Blutwerte müssen besser werden. Dann können sie einen nächsten Schritt machen in der Therapie. Dann sind vielleicht ein paar gute Monate zu gewinnen. So ist es bei Hans-Peter, dem Herzensguten. Gerade noch will er ein ganz neues Leben anfangen – und dann das. Sein Lachen, sein Weinen, dieses Glücksgefühl und diese Verzweiflung, das alles liegt so nah beieinander.

Oh Mann, das ist heftig. Und du? Wie fühlst du dich, wenn du das hörst? Ich wüsste gar nicht, was ich sagen soll …

Hans-Peter ist mir auf Anhieb total sympathisch. Es fühlt sich so an, als wären wir Freunde. Ich muss gar nichts sagen. Ich bin da und höre zu. Das ist alles. Und das reicht für den Moment. Hans-Peter hat dann noch davon erzählt, was die Leute so sagen aus seinem Umfeld. Oft gut gemeint und doch voll daneben. Man könnte das nächste Buch schreiben. Arbeitstitel: *Was Sie Ihrem schwer kranken Freund besser nicht sagen. Ein Ratgeber für die Unbedarften unter den Wohlmeinenden.*

Klingt lustig. Ist es aber nicht, oder? Was denn zum Beispiel?

Wir haben mal eine kleine Liste gemacht. Es sind Sätze wie:
Hast du schon eine zweite Meinung eingeholt?
Glaubst du, die Ärzte sind ehrlich zu dir?

Bis du sicher, dass du sterben möchtest?
Man muss sein Schicksal annehmen.
Nichts geschieht ohne Grund.
So eine Krankheit ist auch eine Chance.
Du solltest jetzt Stress vermeiden.
Du musst jetzt stark sein. („*Einen Scheiß muss ich*", sagt Hans-Peter)
Hast du mal überlegt, ob es genetisch bedingt ist?
Ich habe von einer neuen Therapie gelesen in den USA, die sind da schon viel weiter.
Immerhin sind die Kinder schon groß.
Ein Freund von mir kennt da jemanden, der hat Vitamin XYZ genommen und ist heute wieder vollkommen gesund.
Und auf der nach unten offenen Skala für mangelndes Mitgefühl:
Ich habe mal jemanden gekannt, der hatte denselben Krebs wie du.
Man beachte die Zeitform: hatte.

Das ist wirklich unglaublich. Ich glaube ja, so etwas sagen die Leute, um sich selbst zu schützen. Um das alles nicht an sich heranzulassen. In Wirklichkeit sagen sie ja: Ich habe bestimmt andere Gene. Sollte ich mal so schwer erkranken, ist die Krebsforschung bestimmt schon weiter. Oder sie sagen mit jedem Satz: Hoffentlich geht dieser Kelch an mir vorbei, dann muss ich nicht stark sein und an meiner Einstellung arbeiten oder mein Schicksal annehmen.

So ist es. Das ist Mitleid für Anfänger. Es bedeutet nur: Ich möchte nicht erleiden, was du erleidest.

Das passt sogar noch besser als Buchtitel: *Mitleid für Anfänger. Ein Ratgeber für die Unbedarften unter den Wohlmeinenden.* Das musst du unbedingt deinem Verlag vorschlagen! Was möchte man denn hören von den Freunden oder Kollegen? Ich meine, da ist ja noch ein Unterschied zwischen dir und Hans-Peter. Du wirst es sehr wahrscheinlich überstehen, bei ihm geht es darum, Zeit zu gewinnen.

Also mein erster Rat wäre: zuhören und da sein, sich erst mal einfühlen und die Klappe halten. Dann vielleicht wirklich bei den eigenen Gefühlen bleiben. Ein schlichtes „Das tut mir leid" ist ein Anfang. Oder: „Das geht mir wirklich nah." Oder ein Angebot: „Kann ich dir irgendwie helfen in der nächsten Zeit?" Ehrlich sein ist wichtig: „Ich fühle mich so hilflos. Ich weiß gar nicht, was ich sagen soll." Und Berührungen tun gut. Eine Weile die Hand halten. In den Arm genommen werden.

Weißt du noch, was Sophie und Lena gesagt haben am Anfang?

Ja, nicht nur am Anfang, sondern immer wieder. Ein einfaches „Ich liebe dich" oder „Ich hab dich lieb." Dann spüre ich: Meine Liebsten meinen mich. Den ganzen Tim und nicht nur die Krankheit. Dann noch ein trotziges „Wir schaffen das" und eine Umarmung. Das tut sehr gut. Dabei ist wichtig: Dieses „Wir schaffen das" beschreibt nur die Wegstecke, die vor uns liegt, nicht irgendein Ziel.

Ja, das tut gut. Das glaube ich sofort.

Aber pass auf, es gibt noch ein Nachspiel mit Hans-Peter. Stichwort Mitgefühl: Wir hatten gerade gesprochen, und rein äußerlich fühlte ich mich vollkommen ruhig. Dann kam die Schwester rein, eine halbe Stunde war wieder vorbei, und mein Blutdruck war plötzlich auf 160 zu 100. Das ist hoch. Es schien mich doch ziemlich aufzuwühlen, was mein lieber Bettnachbar mir erzählte. Mein Körper lügt nicht. Wir haben dann das Thema gewechselt, ich bin etwas eingedöst, und eine halbe Stunde später war der Blutdruck wieder normal.

Und wir haben uns verabredet. Ich mag ihn wirklich. Wir verstehen uns. In 14 Tagen fahre ich mal bei ihm zu Hause vorbei.

Super. Ich bin gespannt, wie sich das entwickelt. Bestimmt könnt ihr euch gegenseitig etwas geben. – Du, ich muss Schluss machen für heute. Bin gleich noch verabredet.

Okay, kein Problem.
Alles Liebe
Tim

Umarmung
Sarah

8. März, 21:10 Uhr

Hey Tim, du hast mir heute gar nicht zum Internationalen Frauentag gratuliert! Kleiner Scherz. Sind bei euch auch die Zeitungen voll von irgendwelchen Frauengeschichten? Wie sie das Leben meistern, welche Hürden sie zu nehmen haben?

Da lese ich heute von der jungen Studentin Jasmin, einer angehenden Bauingenieurin (natürlich: Frau im Männerberuf!), der Tag habe für sie meistens zu wenige Stunden. Pass auf, hier ist das, was sie so alles auf die Reihe kriegen will: Arbeit, Studium, Studentenleben, Freunde treffen, Sport treiben (regelmäßig!). Natürlich möchte sie möglichst schnell möglichst viele Creditpoints sammeln, gute Noten schreiben und die Regelstudienzeit trotz Job nicht überschreiten. Aber die Tage sind zu kurz! Und was wünscht sich Jasmin? Bessere Öffnungszeiten von Ämtern, Läden und Arztpraxen. Und sonntags sollte auch alles offen sein, damit sie besser shoppen gehen kann.

Tim, ich glaube, die Revolution steht ganz kurz bevor. Kann sein, dass ich mich täusche, aber dafür hat man den internationalen Frauentag, glaube ich, nicht erfunden, oder? Sie hätte gerne mehr Freizeit, sagt sie. Und zwar um Freunde zu treffen, zu reisen und um ihre

Familie öfter zu sehen. Und, ganz wichtig: „um einfach mal ein Buch zu lesen". So richtig glücklich klingt sie nicht. Zu viel Druck und zu wenig Zeit für Dinge, die ihr eigentlich wichtig sind.

Vom Foto strahlt mir eine perfekt geschminkte dunkelblonde Businessfrau im anthrazitfarbenen Rollkragenpullover entgehen. Und ihre Gedanken klingen schon jetzt nach Midlife-Crisis. Das macht mich traurig. Da stimmt doch was nicht. Wird es unseren beiden Mädels bald auch so gehen?

Worauf sie stolz sei, wird Jasmin noch gefragt. Dass sie eine 20-Stunden-Stelle, das Studium und ihre Reisen auf die Reihe beziehungsweise unter einen Hut bekäme. Sie bekennt freimütig, sie habe nie gejobbt, um ihr Studium, sondern um ihre Reisen zu finanzieren. Ich will ehrlich sein, dieser letzte Punkt nötigt mir ein wenig Respekt ab. Da blitzt dann doch noch etwas Leben auf. Sie hat eine Leidenschaft und dafür arbeitet sie. Aber der ganze Rest? Ist das ein geglücktes Leben? Ich kenne Männer, die mit Anfang 50 merken, dass etwas schiefläuft, wenn sie immer so viel arbeiten und dann keine Zeit mehr haben für Freunde, die eigene Familie oder ein gutes Buch. Aber Jasmin, Studentin, 25 Jahre? Wo soll das enden? Hilfe!

Hilfe ist unterwegs, Sarah, halte durch! – Was soll ich sagen? Tatsächlich würde ich Jasmin fragen, wie sie wohl auf ihr Leben guckt, wenn sie plötzlich morgens unter der Dusche einen Knoten fühlt und vier Wochen später eine Krebsdiagnose hat. Ob sie nicht doch etwas mehr Studentenleben, etwas mehr Zeit mit Freunden und etwas weniger Creditpoints an der Uni anstreben würde. Okay, die Regelstudienzeit würde überschritten. Aber wenn deine Regel-Lebenszeit plötzlich unterschritten wird, spielt das, glaube ich, keine große Rolle mehr.
PS. Glückwunsch zum Frauentag!

Danke. Stimmt. Aber sei mal ehrlich: Haben wir mit 25 schon so gedacht? Jasmin scheint mächtig unter Druck zu stehen. Und mit ihr bestimmt viele andere in ihrem Alter. Was ist da los? Das hat sich etwas verändert, oder?

Stimmt, das war bei uns anders. Wir haben doch einfach gelebt! The future was wide, wide open! Es war ziemlich egal, ob du nun 12 oder 14 Semester studiert hast. Manche brachten es auf 16, weil sie das süße Studentenleben geliebt haben und am Wochenende tanzen waren oder grillen im Park. Und Geld verdienen musste man ja auch. Und zwar nicht, um Reisen zu finanzieren, sondern um die Miete zu bezahlen. Es war alles noch nicht so verschult und geregelt, es gab nicht diesen unglaublichen Druck und Wettbewerb. Du musstest nicht mit 25 ein top Examen haben, fünf Praktika vorweisen und ein Jahr im Ausland verbracht haben. Es war Anfang der 90er. Irgendwann hast du beschlossen, so ein Examen wäre doch auch ganz schön, und dann hast du dich mit anderen zusammengetan, die letzten Scheine beigebracht und gebüffelt für die Prüfungen. Aber wir haben doch gelebt!

Weißt du noch unsere Tour nach Stockholm mit dem alten Bulli? Das war auch so was. 1990. Einfach drauflos gelebt. Wir mussten immer durch die Heckklappe einsteigen, weil die Schiebetür an der Seite kaputt war. Wenn du sie aufgemacht hast, fiel sie einfach ab. Wer war noch alles dabei? Becci und ihr Freund, dann natürlich Sophie und du, ihr wart schon eine Weile zusammen. Und wie hieß noch eure Freundin, die schon ein Kind hatte? Die Kleine war gerade mal drei Jahre alt. Total süß.

Jana. Das war Jana. Ab und zu habe ich noch Kontakt zu ihr. Vier Kinder hat sie heute, drei Mädels, einen Jungen, alle schon erwachsen. Die Gute hatte ja früh angefangen. Aber auch da denke ich: Das war zwar nicht immer geplant, aber es war in vollen Zügen gelebt. Das finde ich super. Gut, es gab so manche gescheiterte Beziehung, ich habe manchmal nächtelang mit ihr die Liebe, die Partnerschaft, die Treue, die Trennungen und all das diskutiert. Ehrlich gesagt, oft habe ich die Trennungen besser verstanden als die nächste Bindung. Aber so was konnten wir uns sagen nachts um halb zwei, wenn wir auf dem Fußboden saßen mit einer Flasche Kölsch in der Hand. Es gibt heute drei verschiedene Väter zu den vier Kindern – aber dennoch: ein geglücktes Leben. Würde ich jederzeit behaupten. Und sie hat auch immer in ihrem Beruf als Lehrerin gearbeitet, mal mehr, mal weniger und schon lange wieder voll. So ist Jana.

Wow. Ja, ich habe sie noch vor Augen. Tolle Frau. Die hätte die Zeitung mal interviewen sollen zum Frauentag. Aber der Ausflug nach Stockholm war doch irre, oder? Jana und ihr Töchterlein blieben in dem Häuschen auf der Insel, Becci und ihr Freund auch, und wir drei haben ein paar Klamotten zusammengepackt und sind los. Sophie, Tim und Sarah auf Tour. Wieso fällt mir das jetzt plötzlich ein, dass wir schon mal genauso unterwegs waren?

Die Fahrt dauerte einen halben Tag, bestimmt fünf Stunden. Es war ein Traumwetter, aber die Strecke zog sich. Dieser Bulli hatte vielleicht 60 PS, oder? Wo sollten wir über Nacht stehen? Du wolltest unbedingt irgendwo mitten in der Stadt einen Parkplatz finden. Ein Campingplatz kam überhaupt nicht infrage, das war spießig und kostete Geld. Am Ende hast du uns in der Abendsonne direkt vor das Stockholmer Schloss gesteuert, weißt du noch? Links lag das Schloss, rechts lagen ein paar Schiffe im Wasser, und wir parkten da einfach unseren Bus, öffneten die Heckklappe und schüttelten die Schlafsäcke auf. Wir hatten keine Ahnung, ob man da stehen durfte. Aber so was hat dich ja noch nie gestört. „Wenn einer kommt, müssen wir halt wegfahren", das war deine Haltung. Und wir Frauen waren irgendwann einverstanden. Es blieb ein kleiner Nervenkitzel.

Die Abendsonne war ein Traum. Das Wasser glänzte und schwappte gegen die Schiffe, und die Schlossfassade leuchtete warm und rot. Ein bisschen Knäckebrot, Käse und Wein, mehr brauchte es nicht am ersten Abend. Ich weiß noch, dass wir beide dann noch eine Runde am Wasser entlangspaziert sind. Sophie wollte lieber am Bus bleiben. Wir haben lange gesprochen, ganz unter uns, über alles mögliche. Reden konnten wir schon immer. Na ja, und als wir zurück waren, haben wir uns irgendwann wie Sardinen in einer Dose nebeneinander in die Schlafsäcke gezwängt. Ich weiß das plötzlich alles wieder, als wäre es gestern gewesen.

Sarah, du bist wirklich unglaublich! Genauso war das. Ich habe bestimmt 20 Jahre lang nicht mehr daran gedacht, aber jetzt ist alles wieder da. Und wer weiß, vielleicht kommt daher dieses beruhigende Gefühl, von dem ich dir neulich erzählt habe. Als ich nicht schlafen konnte und noch mal um den Block gegangen bin. Ich danke dir für diese schöne Erinnerung!

Bitte sehr! Schluss für heute?

Ja, Schluss für heute. Obwohl mir noch so einiges im Kopf herumschwirrt zum Thema Glück. Oder sagen wir, zu dieser Frage, wann man eigentlich glücklich ist. Oder wie du es so schön gesagt hast: wann das Leben geglückt ist. Hast du Lust, da noch ein bisschen dranzubleiben? Morgen oder die nächsten Tage mal? Fände ich schön. Aber jetzt erst mal gute Nacht!

Ja, klar. Das machen wir gerne. Bin gespannt, wo wir landen. Gute Nacht!
Umarmung
Sarah

9. März, 20:35 Uhr

Hey Sarah, bereit für das große Glück?

Klingt verlockend. Ja, bereit.

Okay. Ich eröffne mit einem Zitat: „Glück ist eine Farbe und immer nur ein Moment.“ Sagt Ferdinand von Schirach. Kennst du, oder? Es ist der letzte Satz in seinem Buch „Kaffee und Zigaretten“.[1]

Klar, kenne ich. Also Ferdinand von Schirach. Ich habe bestimmt alle Verfilmungen seiner Geschichten gesehen. Dramaturgisch manchmal etwas einfach gemacht, aber das gehört vielleicht auch dazu, dieses Schlichte, Reduzierte. Das Buch, das du nennst, habe ich wohl noch nicht gelesen.

Ich finde ja, über seinen Geschichten liegt immer so etwas Melancholisches. Seine Figuren sind oft einsame Typen, oder? Ist er das auch? So ein zurückgezogener, eigensinniger Einzelgänger? Ich vermute es mal. Aber jetzt kommt es: Ich habe neulich eine Dokumentation über ihn gesehen.[2] Findest du bestimmt noch in der Mediathek. Wann er selbst denn mal glücklich gewesen sei, fragt ihn der Reporter aus dem Off. Von Schirach denkt kurz nach. Achtung, halt dich fest: „Da gab es zwei Momente in meinem Leben“, sagt er. Das eine Mal sei in Hamburg gewesen, das andere Mal auf einer Autofahrt. Beschreiben will er sie nicht. Ich schlucke. Hat er das wirklich so gesagt? Zwei Momente? Doch. Zwei Momente Glück. In seinem ganzen Leben. Genau das hat er gesagt.

Kann man so unterschiedlich leben? Oder das Glück so verschieden empfinden? Es scheint so. Wann bin ich glücklich? Ich wüsste gar nicht, wo anfangen und wo aufhören. Ich käme wahrscheinlich auf fünfmal am Tag. Ich trete morgens auf unsere kleine Terrasse, gucke auf den Kirschbaum, den Rasen, die Gartenmöbel. Spüre den

Boden unter den Füßen, atme die frische Luft ein und habe dieses tiefe Gefühl von Glück. Von Zu-Hause-Sein. Ganz egal, ob die Morgensonne glänzt oder Nieselregen fällt. Ob es nach Sommer riecht oder nach Herbst. Es ist jedes Mal ein Glücksmoment.

…

Stopp! Halt! Ich auch! Pass auf: Ich sitze auf dem Sofa, drehe die Anlage auf und höre Johnny Cash oder Amy Winehouse. Und keiner stört. Ich höre einfach nur die Musik, so laut wie ich will. Pures Glück.

Ich sitze im Café mit einer alten Freundin, die ich lange nicht gesehen habe. Ich lasse mich durch die Stadt treiben ohne Plan. Ich nehme Pia kräftig in den Arm, wenn sie nach Hause kommt.

…

Ich komme auf dem Campingplatz an (ja, Campingplatz ist nicht mehr spießig, man wird ja älter …), also ich komme an und springe sofort in den kühlen See. Ich höre meine Ärztin, wie sie sagt: Alle Werte sind in Ordnung. Ich liebe Sophie und fühle mich tief verbunden. Unfassbares Glück, jedes Mal.

Ja, ich könnte auch immer so weitermachen. Es gibt zum Beispiel gerade diesen einen Rotwein. Was der mit meinem Gaumen anstellt. Etwas Käse und ein Baguette dazu und ich habe einen ziemlich glücklichen Abend.

Und ich bin nicht bereit, das nur das kleine Glück zu nennen. Nein, das ist jedes Mal groß. Und ich bin jedes Mal unendlich dankbar. Manchmal danke ich Gott. Es ist nur ein Gedanke, wenn ich auf der Terrasse stehe oder das kühle Wasser auf der Haut spüre. Ich will das Glück nicht vergessen, das mir jeden Tag geschenkt wird. Krank oder nicht, dieses Glück bleibt. Jeden Tag.

Ja, würde ich auch so sagen. Weißt du, das meiste, was mich glücklich macht, ist mir irgendwie zugefallen. Da kann ich eigentlich nur noch dankbar sein. Okay, ich mache eine Einschränkung: Mir könnten ruhig ein paar mehr Aufträge zufallen. Dieser ständige Überlebenskampf kann mich ganz schön runterziehen. Aber auch da ist es ein bisschen wie bei dir mit der Krankheit. Ich bin nicht chronisch krank, aber chronisch klamm. Gerade muss ich wieder ziemlich rechnen, es fehlt vorne und hinten, ich könnte manchmal verzweifeln, aber in derselben Zeit gibt es unfassbare Glücksmomente mit einer Freundin, mit Pia oder ganz allein an der Binnenalster in der Abendsonne. Und dann tut sich wieder etwas auf. Ein Job, eine Zusage, und es geht weiter.

Könnte wohl jemand den gleichen Tag erleben und das alles ganz anders empfinden? Ist es auch eine Frage der Haltung? Kann man sich zum Glück entschließen? Was siehst du zum Beispiel, wenn du in den Himmel guckst? Wolken und Krähen?

Wenn du so fragst, nein: Weite und Hoffnung!

Wir verstehen uns. : -) Bei Nieselregen kannst du ja denken: Was ist das für ein Schietwetter! Oder aber: Hm, es riecht nach Herbst, und die Tröpfchen prickeln so schön auf der Haut. Ich kann im Café sitzen mit meiner alten Freundin und gleichzeitig denken: Kann ich mir gar nicht leisten, hier zu sitzen, ich muss noch die Wäsche machen und mit der Steuererklärung weiterkommen. Oder ich kann einfach mal die Zeit vergessen. Das Glück sehen oder nicht: deine Entscheidung, oder?

In den Himmel gucken wird übrigens völlig unterschätzt.

Definitiv.

Sarah, das wird hier gerade wenig kontrovers. Ich stimme zu. Und deshalb kann ich Ferdinand von Schirach so wenig verstehen. Na ja, vielleicht haben manche Menschen auch einfach ein Talent zum Glücklichsein und andere zum Unglücklichsein. Oder zum Grübeln. Oder zur Einsamkeit. Habe ich alles nicht. Schwein gehabt. Ich würde sogar sagen: Wer mal richtig Pech hatte, muss nicht gleich unglücklich werden. Sorry, ich glaube, jetzt wird's philosophisch. Oder wir nähern uns dem ultimativen Kalenderspruch. Pech haben und glücklich sein?

Gut, manchmal muss man auch Glück *haben*. Es hilft bestimmt, nicht gerade auf der Straße zu sein, wenn der Lkw von der Spur abkommt. Aber sonst? Unzählige Männer und Frauen gehen in der onkologischen Ambulanz ein und aus. Alle haben unbestreitbar Pech gehabt. Die Krankheit fragt nicht, ob du gerade zu Hause bist, ob es gerade gelegen kommt oder ob sie später noch mal vorbeikommen soll. Sie lässt dir auch keine Zeit, mal eben die Straßenseite zu wechseln, nur so aus dem Gefühl heraus, dass das, was dir da entgegenkommt, vielleicht nicht gut für dich ist. Der Krebs reagiert einfach nicht, wenn du wie bei einem dieser lästigen Werbeanrufe sagst: „Bitte rufen Sie nicht mehr an!"

Diese Krankheit kommt ungefragt und nistet sich in deinem Leben ein, schlimmer als ein ungebetener Gast oder ein versehentlich abgeschlossenes Zeitschriftenabo, das du erst in einem Jahr wieder kündigen kannst. Aber sind deshalb alle unglücklich, die ich regelmäßig im Krankenhaus treffe? Nein. Charlotte ist glücklich verheiratet, mittags diskutiert sie ihre Blutwerte mit der Ärztin und abends wird sie von ihrem Mann abgeholt. Sie strahlt. Robert plant einen zweiwöchigen Urlaub mit seiner Familie, die Flüge sind gebucht. Die Flüge! Klimaanlage! Infektionsgefahr! Ist ihm egal. Er sucht sein Glück am Mittelmeer, und es scheint weiter weg zu sein als Nizza oder Genua. Warum nicht? Wenn es ihn glücklich macht…

Das finde ich so faszinierend. Wie plötzlich die Maßstäbe verrutschen für Glück oder Unglück. Bei meinen Traueransprachen gucke ich ja oft auf ein Leben zurück. Es soll gewürdigt werden. Da gibt es Lebensläufe in diesem gut situierten Hamburg, da denke ich: Na gut, euch ist auch ziemlich viel in den Schoß gefallen. War jetzt keine so große Lebensleistung, das Schwungtuch aufzuspannen, als die Glückspakete vom Himmel fielen. Ich habe Biografien kennengelernt, da hatten Menschen äußerlich, rein materiell, unfassbar viel Glück, waren aber trotzdem tief unglücklich. Verrückte Welt, oder?

Ich würde trotzdem sagen: Glück haben kann zumindest etwas helfen. Also aus einem gut situierten Elternhaus zu kommen, damit man einen leichten Start hat. Oder sich lautstark gemeldet zu haben, als die Abwehrkräfte oder die guten Gene verteilt wurden. Vielleicht habe ich bei diesem letzten Punkt geschlafen. Pech gehabt. Und vielleicht wäre es zum Beispiel gut für dich, nicht gerade aufs Handy zu starren, wenn der Mann deines Lebens vor dir steht und ziemlich eindeutig den Blickkontakt sucht. Es könnte helfen, die Glücksmomente zu erkennen und zu nutzen. Das würde ich schon sagen. Also ein bisschen Glück haben und ein bisschen aufmerksam sein, wenn das Glück vorbeischaut. Alles andere: eine Frage der Haltung, sogar der eigenen Entscheidung.

Vorsicht, mein Lieber. Vielleicht brauche ich gar keinen Mann zum Glück. Mir fällt noch was ein: Ich finde, zum Glück gehören Freundinnen und Freunde, und zwar solche, die einen nicht nur auf Händen tragen.

Wie meinst du das?

Mal angenommen, du bist ein Narzisst oder ein Feigling oder ein hoffnungsloser Romantiker. Oder du bist irgendetwas davon ab und zu mal. Dann sollte dir jemand den Spiegel vorhalten (wenn du ein Narzisst bist) oder dich anschubsen (wenn du ein Feigling bist) oder dir für einen Moment die rosarote Brille von der Nase nehmen (wenn du ein hoffnungsloser Romantiker bist). Je nach dem. Oder wenn du dich in eine Sache so verrannt hast, dass eigentlich nur noch eine formvollendete Entschuldigung hilft. Dann ist es gut, jemanden zu haben, der dir sagt: „Meine Liebe, ich glaube, du solltest dich entschuldigen." Dafür hat man ein paar wenige gute Freunde. Vielleicht so wie Jana und du, wenn ihr damals geredet habt nachts um halb zwei auf dem Fußboden bei einem Kölsch. Und wenn du solche Freunde hast, dann hast du wirklich Glück gehabt.

Warte mal, es gibt da diesen Song, den habe ich schon vor Jahren geschrieben:

Deine Zeit
Wenn die Sonne richtig scheint
grüßt sie dich von Ferne
fühle dich allein gemeint
suche ihre Wärme
Wenn das Wasser herrlich kühlt
will es dich erfrischen
spüre wie das Leben spielt
lass es nicht entwischen

Genieße die Momente
halt inne, sei bereit
genieße die Momente
denn das ist deine Zeit

Einer hat dir zugehört
wie ein echter Freund
nichts hat ihn dabei gestört
im Gespräch vereint

Einmal hast du ganz geliebt
das reinste Elixier
Liebe, die dir alles gibt
fand bei dir Quartier

Genieße die Momente …

Siehst du diesen Schilderwald
jedes weist zum Glück
jedes zeigt nur hier entlang
und weist auf dich zurück
Danke Gott, sei auf der Hut
behalte es bei dir
bedenke, was er Gutes tut,
denn du kannst nichts dafür

Genieße die Momente …

Schön. Hättest du das wohl schon mit 25 so schreiben können, als du so alt warst wie Jasmin, die Studentin?

Nein, da hast du Recht. Hätte ich nicht. Für diese Haltung brauchte es diesen einen großen Zwischenfall, meinen „zweiten Geburtstag".

Du hast die Narbe neulich schon mal erwähnt. Was war noch mal genau passiert? Ich bin mir nicht sicher, ob ich mich richtig erinnere.

Es fing an mit einer Leberbiopsie. Eigentlich eine harmlose Sache. Wir wollten wissen, was mit meinen Leberwerten los war. Sie trafen dabei ein großes Blutgefäß. Ohne es sofort zu merken. Ich war schon wieder zu Hause, als die Schmerzen zunahmen. Am Sonntagmorgen haben wir dann den Notarzt gerufen. Es folgte eine Notfall-OP am Nachmittag. Innere Blutungen. „Wir versuchen, das Organ zu retten", sagte der Oberarzt, „keine Angst, wir bringen Sie da durch", versuchte mich die OP-Schwester zu beruhigen. Am Ende ging es gut. Es folgten noch Tage auf der Intensivstation, und bis heute habe ich dieses Bild vor Augen, wie ich am Ende mit der gepackten Reisetasche auf der Bettkante sitze und Sophie mich abholt. Vorsichtige Schritte zurück ins Leben.

Wie war das noch? „Glück haben" gehört auch dazu …

Oh ja, das kann man wohl sagen. Ich weiß noch, dass du mir damals geschrieben hast: „Genieße die Momente" – so lebe ich erst seit diesem Schlüsselmoment. Alle Karrierepläne hatten sich plötzlich in Luft aufgelöst. Das Leben hintenanstellen, um vielleicht irgendwann irgendetwas zu erreichen? Das war plötzlich nicht mehr wichtig.

Hebst du eigentlich Briefe auf? Hast du den von damals noch irgendwo? Ich bin neugierig, was ich wohl geschrieben habe …

Ich kann mal gucken. Ich habe jedenfalls so einen Pappkarton mit alten Briefen. Vielleicht ist er dabei.

Wir halten fest: Das Leben ist jetzt. Das zu entdecken, ist doch ein großes Glück. Auch wenn du damals erst mal Pech hattest.

Stimmt. So ist es wohl. Schluss für heute?

Ja, gerne. Schlaf schön!

18. März, 20:27 Uhr

Hey Tim, wie geht's dir? Schreibst du mir was? Wie war deine persönliche Glückswoche? Hast du dich wirklich mit Hans-Peter getroffen?

Hallo Sarah, ja, danke, dass du fragst. Hans-Peter ist wirklich ein total sympathischer Typ. Sehr sensibel. Ich habe ihn vor ein paar Tagen nachmittags besucht. Erst mal auf einen Kaffee. Seine Frau arbeitet noch um diese Zeit. Das hat er wohl so eingefädelt. Die beiden haben ein kleines Reihenhaus. Im Flur, gleich wenn man reinkommt, hängen Fotos von Hans-Peter und Sibylle an der Wand. Da lächeln sie mich an im Urlaub am Strand, mit einem Kölsch in der Hand im Biergarten, im Hintergrund ein paar Freunde, und schließlich vor der Kirche in Brautkleid und Anzug. Das ganze Glück einer frischen, unverbrauchten Liebe schlägt mir da entgegen. Unfassbar schön. Dann bittet mich Hans-Peter, nach hinten durchzukommen. Er ist etwas wackelig auf den Beinen. Wahrscheinlich ist die letzte Therapie erst ein paar Tage her.

Toll, dass ihr das macht! Dass ihr drangeblieben seid. Wie leicht wäre es, den Moment doch vorbeiziehen zu lassen. Zu sagen: Ich bin zu müde, es passt mir doch nicht, vielleicht nächstes Mal. Irgendetwas dieser Art. Aber du bist hingefahren. Worüber habt ihr gesprochen?

Fast nur über unsere Frauen bzw. unsere Beziehungen. Er ist ja einmal getrennt und jetzt frisch verliebt und gerade erst verheiratet. Er sprüht vor Energie, wenn er von Sibylle spricht, von ihrem großen Glück – und es fließen die Tränen, wenn er an seine Krankheit denkt, an die begrenzte Zeit. Eine Achterbahnfahrt. Ich bin seit mehr als 30 Jahren mit Sophie zusammen. Das ist ein Zuhause, eine Liebe, die sich bewährt hat und die uns jetzt trägt. Ich fühle mich immer auf der sicheren Seite. Es berührt mich, Hans-Peter kennenzulernen, der so viel Liebe in sich hat. Und es tut mir jetzt schon weh, daran zu denken, dass er nicht mehr viel Zeit hat. Auf einmal schrumpft das Leben auf wenige Momente zusammen. Und plötzlich bin ich derjenige, der von außen auf das Leben des anderen guckt, scheinbar nicht betroffen, vergleichsweise gesund.

Er hat versucht, mir seine Erkrankung genauer zu erklären. Ich konnte nur zum Teil folgen. Vielleicht gibt es noch Zeit, vielleicht nicht. Einmal frage ich erschrocken zurück, weil ich es mir einfach nicht vorstellen kann: „Du willst mir sagen, du kannst schon in drei Monaten tot sein?“ Hans-Peter antwortet ganz trocken mit diesem feinen Lächeln um die Mundwinkel: „Ja. Du aber auch!“ Tja, Recht hat er. Auf einmal müssen wir lachen.

Ich habe Sibylle noch kurz kennengelernt. Sie kam gerade nach Hause, als ich aufbrechen wollte. Wir haben noch ein paar Worte gewechselt, aber dann wollte ich nicht länger stören. Vielleicht verabreden wir uns auch mal zu viert. Mal schauen. Erst wollen wir mal bei den nächsten Terminen im Krankenhaus fragen, ob sie uns ab und zu am gleichen Tag unterbringen können. Dann kriegen wir die Zeit schneller rum …

Guter Plan! Sonst alles okay? Irgendwelche Genießer-Momente?

Sagen wir mal so: Die Genießer-Momente verändern sich. Ich genieße es, dass ich müde sein darf. Mein Körper muss arbeiten, das ganze Zeug, was sie mir verabreichen, muss wirken. Also hänge ich auf dem Sofa herum und gucke in den Garten. Stell dir vor, der Kirschbaum hat schon die ersten Knospen! Da tut sich was. Ich muss nichts leisten, ich muss nichts tun, niemand verlangt etwas von mir – so ist es gut. Vormittags mache ich mir oft eine Kanne Tee und genieße die heißen Schlucke. Ehrlich gesagt, Kaffee schmeckt mir plötzlich nicht mehr. Eine andere Patientin hat das neulich auch erzählt. Sie sei die reinste Kaffeetante gewesen und jetzt schmecke das Zeug einfach widerlich. Na ja, wenn’s weiter nichts ist, damit lässt sich leben.

Okay, wenn du wirklich mal wieder nach Hamburg kommst, werde ich vorher einen guten Tee besorgen …

Sarah, ich muss dir übrigens noch etwas ganz anderes erzählen. Hast du Zeit?

Hallo, bist du noch da?

Sorry, ich musste ans Handy, eine Freundin hat angerufen. Morgen?

Ist okay. Bis dann!

19. März, 20:59 Uhr

Hallo noch mal, liebe Sarah, passt es jetzt?

Ja, passt. Ich bin schon ganz neugierig.

Wir sind am Wochenende zu meiner Mutter gefahren. An den nächsten Wochenenden spielen wir ein paar Konzerte, dann ist schon wieder Therapie, plötzlich werden wieder Wochen vergangen sein. Also haben wir uns spontan entschlossen hinzufahren. Sie hat sich sehr gefreut. Und ich habe bei ihr etwas gefunden, das ist wirklich unglaublich.

Und? Spann mich nicht so auf die Folter.

Ups, ich war noch gar nicht fertig. Ich wollte nur einen neuen Absatz anfangen, da war es schon gesendet, aus Versehen. Also: Meine Mutter erzählte nachmittags beim Tee, dass sie eine Art Öland-Chronik schreiben will. Sie hat sogar schon angefangen. Der erste Urlaub Ende der 60er mit euch zusammen auf dem Campingplatz. Zwei

Bullis direkt am Strand. Sie hat noch ein altes Fotoalbum. Unser Bus stand fest mit Vorzelt auf dem Platz, und mit eurem haben wir die Insel erkundet. Es gibt total süße Kinderfotos von uns am Strand. Dann zwei Jahre später dieser Flyer an der Grenze: „Ein Ferienhaus in Schweden?" Plötzlich machten unsere Eltern einen Sport daraus und guckten sich Grundstücke an. Und wie meine Mutter so erzählte, was sie alles gefunden hatte – Tagebücher, Kalender, Fotoalben –, da fragte ich sie nach dem Album von Lukas. Der letzte gemeinsame Sommer 1980. Worüber wir neulich geschrieben haben. Ein paar Minuten später kam sie tatsächlich mit einem Fotoalbum unter dem Arm aus ihrem Schlafzimmer zurück.

Ich nahm das Album in die Hand, vorsichtig, ehrfürchtig, neugierig … und schlug die erste Seite auf. Ein extra großer Abzug als Titelbild. Wir stehen alle an eine kleine Steinmauer gelehnt, vor uns eine bunte Blumenwiese, hinter uns der Wald. Die Sonne steht schon tief und taucht unsere Gesichter in ein warmes Licht. Alle sind mit drauf: deine Eltern, meine Eltern, Becci, Lukas, du und ich. Die ganze Bande. Wer hat das Bild gemacht? Ich überlegte kurz. Meine Mutter erzählte, da war noch eine weitere Familie mitgefahren in dem Jahr. Ein alter Studienfreund von unseren Vätern. Die hatten auch zwei Jungs. Das war auch irgendwie nett, das war okay, aber die Verbindung war natürlich nicht dieselbe wie zwischen uns allen, die wir da in die Kamera strahlten. Ich nehme mal an, dass einer von ihnen das Bild gemacht hat.

Ja, stimmt, jetzt erinnere ich mich auch. Wie hießen sie noch? Ihr Ferienhaus war auch ein paar Kilometer weiter weg. Wir mussten schon eine kleine Fahrradtour machen, um sie zu treffen. Wir dagegen wohnten alle zusammen, ihr im Haupthaus und wir im Gästehaus. Frühstück am großen Tisch auf der Terrasse. Dann eine Runde Federball auf der großen Wiese. Wenn wir nicht mit Abräumen und Geschirrspülen dran waren. Dann ging's zum Strand. Oder wir sind mit den Rädern zu dem kleinen Hafen gefahren. Eis essen, Boote gucken.

Hey, genau solche Bilder gibt es in dem Fotoalbum! Becci und du am Hafen, der Wind zerzaust eure langen Haare, und ihr habt beide ein Eis in der Hand. Lukas hat wirklich tolle Bilder gemacht damals. Beim Frühstück sitzen wir tatsächlich alle zusammen in großer Runde. Unsere Väter nebeneinander am Kopfende, unsere Mütter an der Seite, Lukas neben Becci, du neben mir. Dann gibt es Bilder von euch Mädels an einem Spieleabend, Becci hat einen Würfelbecher in der Hand. Du lachst dieses eine spezielle Lachen. Ich mag das sehr. Das machst du heute noch exakt genauso. Verrückt. Einmal sieht man uns tatsächlich an der Westküste, wie wir uns in den Kalksteinfelsen lagern. Vorn brennt ein kleines Feuer, die Felsen leuchten rötlich in der Abendsonne. Ein Traum. Auf einem Foto sieht man uns beide von der Seite. Wir sitzen nebeneinander und gucken versonnen aufs Meer. Ich glaube, ich verliebe mich nachträglich. Falls das möglich ist.

Wie ich so durch das Album blättere, fällt mir auf, dass es eine Reihe von Bildern nur von dir gibt. Sarah auf dem Fahrrad, Sarah auf der Wiese im hohen Gras, Sarah vor dem Haus im Liegestuhl. Was bedeutet das? Zufall? Hatte Lukas dich irgendwie besonders im Blick? Oder sagen wir: ein Auge auf dich geworfen? Ich kann mich nicht erinnern.

Und jetzt halt dich fest. Plötzlich starre ich auf eine Seite und begreife nicht, was ich sehe. Sekundenlang starre ich vor mich hin. Denn es fehlt ein Bild. Man sieht es ganz deutlich. Unten sind zwei Fotos, eins rechts und eins links, und darüber nur ein leicht vergilbter Rand. Da war einmal ein weiteres Bild. Die Klebstoffreste sind auch noch da. Lukas hat die Fotos wohl mit Flüssigkleber eingeklebt. An dem Punkt in der Mitte heftet sogar ein dünner Fetzen von dem Fotopapier, nur die unterste Schicht. Das Bild, das fehlt, muss da ganz dünn sein oder leicht ausgerissen. Ich komme gar nicht drüber weg.

Was??? Etwa wie in deinem Traum? Ein Bild, das fehlt? Ich kriege Gänsehaut. Das gibt's doch gar nicht. Was bedeutet das? Das ist ja vollkommen spooky. Was war wohl auf diesem einen Foto? Wer hat es herausgenommen aus dem Album? Warum? Wo ist es jetzt? Hast du irgendeine Idee?

Nein, nicht die geringste. Ich bin ziemlich durcheinander. Na gut, im Traum war es eine Fotocollage auf einer schwarzen Pappe, hier ist es ein Fotoalbum. Aber sonst? Alles genau so. Sogar der Klebstoff in der Mitte mit einem kleinen Fetzen Papier.

Kannst du dich an irgendetwas erinnern? Habt ihr das Album vielleicht vor Jahren gesehen und wolltet dieses eine Bild unbedingt gleich mitnehmen?

Nein, das wüsste ich. Dann hätte es einen besonderen Platz und ich wüsste sofort, was du meinst. Aber Fehlanzeige. Ich habe keine Ahnung. Lass uns mal überlegen. Lass uns mal zusammenwerfen, was uns alles einfällt. Du sagst, ich bin oft allein auf den Fotos? Öfter als die anderen?

Ja, das ist so. Muss ich nachträglich eifersüchtig sein? Wieso hat Lukas so viele Bilder von dir gemacht? War da was?

Nein, daran kann ich mich nicht erinnern. Und das wüsste ich doch, oder? Vielleicht bei ihm. Insgeheim, in seinem Kopf, hinter seiner Kamera. Aber wir hingen doch meistens sowieso zu viert ab. Wir beide sind mal zusammen mit den Vätern nach Kalmar ins Fußballstadion gefahren, weißt du das noch? Ein Freundschaftsspiel gegen eine Bundesligamannschaft. Das war nichts für Becci oder Lukas. Wir zwei waren die Draufgänger. Und wenn wir ehrlich sind, hast du ansonsten immer viel mit Becci gequatscht. Ich war das Küken und Lukas war schon 18. Er war manchmal für sich unterwegs und ging auf Fototour mit seiner neuen Kamera. Er verstand sich auch gut mit einem der anderen Jungs aus der anderen Familie. Aber Lukas und ich? Nein, ich kann mich nicht erinnern, dass da etwas Besonderes war.

War nur so eine Fantasie. Hätte ja sein können. Vielleicht hat er das Album erst nur für sich gemacht, und das Bild zeigt zum Beispiel euch beide. Und als das Album dann die Runde machen sollte, bei uns oder bei euch, hat er das eine Bild wieder rausgenommen.

Hm, das ist zumindest mal eine These. Ein Bild, das ihm dann doch zu persönlich war. Das nicht alle sehen sollten.

Und wenn es so war, was könnte dann darauf gewesen sein? Ich glaube, wir machen es gerade zusätzlich gespenstisch, oder? Vielleicht gibt es ja auch eine ganz profane Erklärung.

Zum Beispiel?

Vielleicht war es das einzige Bild mit der anderen Familie. Und als die mal zu Besuch waren, durften sie es mitnehmen.

Hm, eine ziemlich langweilige Option. Aber du meinst, Lukas macht ein ganzes Fotoalbum mit Bildern von uns, mal alle in großer Runde, mal wir vier on Tour am Hafen oder am Strand – und mittendrin ein einziges Bild von den anderen? Wenn du mich fragst, ist das ziemlich unwahrscheinlich. Dann gäbe es da auch noch mehr. Gibt es aber nicht. Es ist ein Lukas-Becci-Sarah-Tim-Album. Wenn wir ihn doch fragen könnten …

Ja, genau das habe ich auch schon gedacht. Wahrscheinlich hast du recht. Habt ihr vielleicht mal dieses eine Foto geschenkt bekommen? Kannst du nicht einfach mal gucken, ob du etwas findest? Ihr müsst doch auch Fotos haben aus der Zeit. Ein Album, eine Fotobox.

Also bei uns gibt es keine Fotoalben mit Jahreszahlen. Aber ich habe noch zwei Fotoboxen mit einer losen Sammlung von Bildern. Da werde ich mal gucken.

Das wäre super. Wer weiß, vielleicht findest du doch noch was …

Ja, mach ich. Mal was anderes: Was macht eigentlich die Musik? Kannst du proben mit der Band? Du hast von den Auftritten gesprochen.

Proben war schwierig in letzter Zeit. Ich bin oft einfach zu müde. Aber ich hab die Sachen ja drauf. Und unser Bandleader kann mich jederzeit ablösen am Bass.

Ja, jetzt kommen bald die Konzerte. Stell dir vor: Das erste ist schon komplett ausverkauft! Die Aula des Gymnasiums hat gut 400 Plätze, alle Tickets sind weg. Das wird ein Benefizkonzert für den Hospizverein. Die haben wohl kräftig Werbung gemacht. Und ich brenne so darauf zu spielen. Ich habe ein gutes Gefühl. Das wird ein zweistündiger Dauer-Glücksmoment! Eine Woche später spielen wir in einer großen alten Kirche. Und dann kommt noch ein dritter Auftritt. Wieder so eine Kulturkirche. Ob ich den letzten noch schaffe, weiß ich nicht, denn dazwischen liegt eine Behandlung. Die konnte man nicht mehr verschieben. Samstag Konzert, Montag Therapie, fünf Tage Pause, dann am Sonntag noch ein Konzert. Das klappt wahrscheinlich nicht. Aber wie gesagt, wir haben immer einen Plan B. Und ich freue mich auf das, was geht.

Mensch, Tim, das ist großartig! Ich wäre am liebsten dabei! Du schreibst mir, wie es war, ja?

Klar, mache ich. Lena wird wahrscheinlich auch die Videokamera einpacken …

24. März, 11:35 Uhr

Hey Sarah, du solltest dich heute mindestens auf Wolke vier aufhalten, sonst erreichen wir uns nicht, denn ich schwebe noch auf Wolke sieben. Das Konzert gestern war der Hammer! Ich glaube, mein Adrenalinpegel ist noch lange nicht wieder auf Normalniveau angekommen. Ich habe das komplette Konzert gespielt! Bequem auf meinem coolen Barhocker. Volles Haus, super Stimmung. Okay, vielleicht nicht von Anfang an. Das war zur Hälfte so ein leicht hochnäsiges Spendengala-Publikum. Die waren gekommen, weil es ein Benefizkonzert war und alle anderen auch da waren. Eine Art regionale Promi-Blase. Sehen und gesehen werden. Aber wir haben sie gekriegt. Du musst dann einfach ausstrahlen: Dieser Abend ist für euch! Das ist unsere gemeinsame Zeit, und wir haben tolle Musik und tolle Texte mitgebracht. Dann kriegst du sie. Früher oder später. Am Ende gab es Standig Ovations und Zugaben und einen fetten Scheck für den Hospizverein.

Großartig! Ich spüre die Vibrations bis nach Hamburg. Genau das habe ich dir gewünscht. Das tut so gut! Gibt es ein paar Aufnahmen? Stellt ihr etwas ins Netz?

Ja, aber das wird dauern. Das mache ja sonst ich. Und wenn ich ausfalle oder nicht so viel auf die Reihe bekomme, dann dauert es. Ich kann dir aber ein paar Fotos schicken.

Das wäre toll, danke!

Und das hier ist mein Lieblingssong aus unserem Programm.

Sichere Seite
Ich bleibe auf der Straße stehn
trübe ist mein Blick

plötzlich kann ich nicht mehr gehen
nicht vor und nicht zurück
wo bist du, wo bin ich, wo sind die andern hin
ich greif nach deiner Hand, damit ich nicht versink'
ich bin mit dir im Zirkuszelt
oben auf dem Seil
wenn jetzt einer von uns fällt
wie wird das wohl sein?
nur ein Schritt, kommst du mit, siehst du da dieses Netz
ich lass mich mit dir fallen – und bleibe unverletzt

Du stehst ganz vorne, ganz ohne zu zögern
wenn ich noch lerne, kannst du alles verändern
und kommt der Ernstfall, denk ich noch, das ist ein Test
du ziehst mich auf die sichre Seite
und hältst mich fest
du ziehst mich auf die sichre Seite
und hältst mich fest

Ich seh mich auf die Party gehen
und bin ganz aufgeregt
bis alle beieinander stehn
und keiner sich bewegt
wer ist sie, wer bin ich, ich kann das nicht verstehn
ich höre die Musik und will sie tanzen sehen
Plötzlich seh ich mich am Strand
das Meer ist spiegelglatt
hab dich wieder an der Hand
und alle Spiele satt
wir sind hier, du und ich, und ich verlass dich nicht
nehm alles, was ich hab, und setze ganz auf dich

Du stehst ganz vorne, …

steigst in den Ring an meiner Stelle und hältst das aus
beschützt mich vor der großen Welle, holst mich da raus
Ich trau mich auf die weite Strecke, wenn du mich deckst
Du ziehst mich auf die sichre Seite und hältst mich fest

Du stehst ganz vorne, …

2. April, 16:58 Uhr

Sarah! Bist du da?

Ja, mein Lieber. Bin auf Empfang. Heute ist der zweite Tag im neuen Zyklus, richtig? Und? Wie geht es dir?

Ich habe überlebt. Die Nacht. Ich habe die Nacht überlebt. Ich weiß nicht wie, aber ich sitze hier und atme, und Sophie reicht mir einen Kräutertee. Ich trinke kleine Schlucke. Er ist heiß, aber es tut mir gut. Irgendwie bin ich … anwesend. Ich nehme die Tasse, ich rieche diesen leisen, angenehmen Duft, ich verbrenne mir die Zunge. Ich bin noch da. Gut zu wissen. Denn ansonsten sitze ich hier erschöpft und wie im Nebel. Ich glaube, das nächste Konzert am Sonntag kann ich knicken. Wie schafft der Körper das eigentlich? Und wie um Himmels willen soll er das in vier Wochen wieder schaffen? Ich glaube, das geht nicht. Ich kann es mir nicht vorstellen. Das heute Nacht war die Grenze. Es darf keine Steigerung geben. Das überlebe ich nicht. Ich muss mit meiner Ärztin sprechen.

…

Sarah?

…

Sorry. Ich überlege. Ich finde noch keine Worte. Wo ist denn Sophie gerade? Bestimmt lagert ihr euch auf dem roten Sofa, oder? Kann ich mich dazusetzen, gegenüber, und du schreibst mir, was passiert ist?

Ich kann es versuchen. Sophie ist wohl gerade in der Küche. Sie macht irgendwas Leichtes zu essen. Wird ein paar Minuten dauern. Du bist echt süß, weißt du das? Es gibt Situationen, da will man einfach nur jemanden um sich haben. Da hilft nichts anderes, außer dass Sophie neben mir sitzt und mir einen Tee reicht. Sie ist gleich wieder an meiner Seite. Und du setzt dich mal eben dazu. Ich fühle es. Danke.

Ich sitze. Ich höre. Was war denn los? Wenn du magst…

Na ja, erst war alles wie immer. Ein Tag auf der Onko-Ambulanz. Zugang legen, mit der Schwester flirten, Blutdruck messen. Aus dem Fenster gucken, auf die Uhr gucken, warten. Der Patient neben mir war heute nicht besonders gesprächig. Wir kennen uns. Der Rocker mit Untergewicht, weißt du noch? Gestern war er müde und hat viel geschlafen.

Endlich kommen die Medikamente, die Schwester legt die Infusion an, und es geht los. Blutdruck messen, Fieber messen, Dosierung erhöhen, alle halbe Stunde. Mal gucke ich meine Serie weiter, mal gucke ich aus dem Fenster, mal döse ich weg. Der Tag zieht sich in die Länge. Irgendwann schlafe ich auch. Ich werde wach, gucke auf die Uhr, dann hinauf zum Infusionsbeutel. Wie lange dauert es noch? Am Nachmittag um halb drei ist es geschafft. „Wie geht es Ihnen?" – „Müde, aber sonst gut." – „Alles klar. Dann bis morgen." So geht das. Ich fange an, mich daran zu gewöhnen. Dachte ich.

Im Krankenhaus war noch gar nichts auffällig. Man bleibt ja sogar noch eine halbe Stunde da, wenn alles vorbei ist, nur zur Sicherheit.

Aber zu Hause, so gegen sechs, ging es dann los. Ich wusste ja schon vom letzten Mal, dass ich mich besser schön hinlege und mich auch nicht mehr zu einem Abendessen aufraffe. Das ist völlig falscher Ehrgeiz. Der Körper ist einfach platt. Er hat zu tun. Vor vier Wochen hatte ich ja auch schon mal diesen Schüttelfrost und habe dann geschwitzt. Das ging so zwei Stunden, dann bin ich irgendwann eingeschlafen. „Kommt schon mal vor", haben sie im Krankenaus gesagt. Diesmal waren wir vorbereitet. Glaubten wir jedenfalls.

Gegen sieben ging es mit dem Schüttelfrost los. Aber wie! Da bist du vollkommen machtlos. Irgendetwas ergreift die Macht über deinen Körper und schüttelt dich durch. Sophie hat mir eine erste Wärmflasche gemacht für die Füße. Dann wollte ich eine zusätzliche schwere Decke. Dann eine zweite Wärmflasche für den Bauch. Aber es ging immer weiter. Eine Stunde, zwei Stunden, zweieinhalb Stunden. Ich habe versucht, ruhig zu bleiben und es auszuhalten. Es musste doch irgendwann vorbei sein. Dann plötzlich legt es sich. Nach gut drei Stunden. Es ist jetzt zehn Uhr. Endlich etwas Ruhe. Sophie kommt rauf und geht ins Bad. Ich habe Fieber, das spüre ich. Und mein Herz rast. Es pocht. Ich höre es. Unablässig pocht es durch Hals und Kopf. Ich messe den Puls mit diesem kleinen Blutdruckmessgerät für das Handgelenk. Ich habe einen Puls von 120. Wahrscheinlich seit drei Stunden. Und es hört nicht auf, es wird nicht besser.

Ich versuche, ruhig zu atmen. Ich sage meine kleinen autosuggestiven Sätze. „Ich bin vollkommen ruhig und gelassen." Nix da. Das sieht mein Herz anders. Woher nimmt es diese Kraft? Es schlägt gerade durch mit Tempo 120. Als wäre ich auf dem Laufband oder dem Ergometer. Dann schwitze ich. Sophie kommt rein und wir messen Fieber. Es sind schon 39,8. Ich nehme zwei Paracetamol. Immer wieder versuche ich, zur Ruhe zu kommen. Wenigstens etwas vor mich hin zu dösen. Dann spüre ich den kalten Schweiß auf dem Rücken. Ein frisches T-Shirt anzuziehen, wird zur reinsten Wohltat. Ein gutes Gefühl auf der Haut. Vielleicht jetzt ein wenig Schlaf? Nein. Dieser

Beat hört nicht auf. Ich schwitze, ich habe Fieber, und mein Herz rast. Irgendwann fragst du dich, wie lange das gut geht. Dafür ist das Herz doch nicht gebaut. Wie soll es das denn schaffen? Ich bin doch nicht der Iron-Man!

Das Ganze ging acht Stunden lang. 120 Beats pro Minute, fast 40 Grad Fieber, drei T-Shirts, zwei Handtücher, viele Fragen. Morgens um drei wurde ich plötzlich ruhig. Als hätte sich ein Sturm gelegt und sei weitergezogen. Noch mal Fieber messen: 38,3. Alles beruhigte sich, und ich konnte endlich, endlich schlafen.

Sarah, das war ein absoluter Horrortrip. Das mache ich kein weiteres Mal. Es fühlt sich an, als hätte eine fremde Macht das Kommando übernommen. Der Körper schwer und wehrlos. Das Herz auf Hochtouren. Als wollte es sich wehren. Oder dich mit aller Kraft am Leben halten. Und irgendwann, nach Stunden, lässt diese Macht dich wieder los. Sie geht, wie sie gekommen ist. Du kannst nichts dafür tun. Es geschieht einfach. Phänomenal.

Ich muss mit meiner Ärztin reden. Soll ich nächstes Mal gleich stationär dableiben? Wer ist dann vor Ort? Was können sie dann tun? Wenn es von Mal zu Mal schlimmer wird, dann … Ich kann mir das gar nicht vorstellen. Heute haben sie mir erklärt, dass es wohl eine Art allergische Reaktion auf die Antikörper ist. „Das sehen wir sehr selten. Normalerweise ist das gut verträglich." Aha. Nützt mir nur nichts. ICH vertrage es nicht. Ich bekomme einen Gesprächstermin.

So war das, Sarah. Mehr konnten sie mir heute nicht sagen. Sie nehmen das auf, sie geben es weiter, ich bekomme einen Termin. Dann folgte die Chemo. Der Routine zweiter Teil. Und jetzt sitze ich hier auf dem Sofa, meine Liebste sitzt wieder zu meiner Linken, sie strickt an einem großen Halstuch und reicht mir ab und zu den heißen Tee. Und du bist virtuell zu meiner Rechten, zugeschaltet aus Hamburg und schon lange nicht mehr wegzudenken auf diesem Weg.

Ach Tim, mein Lieber, ich drücke dich aus der Ferne! Ich weiß immer noch nicht, was ich sagen soll. Das ist wirklich übel. Es lief doch ganz gut bisher – und dann das. Ich hoffe, deiner Ärztin fällt was ein, was sie ändern können. Erhol dich ein wenig, ja? Lass dich umsorgen. Ich denk an dich. Halt mich auf dem Laufenden!

8. April, 17:53 Uhr

Hey Sarah, heute konnte ich mit meiner Ärztin sprechen. Wir machen ein Staging, also einen neuen Befund. Zitat: „Wir wollen doch mal sehen, ob die Qualen sich lohnen." Das scheint dieser ganz spezielle Onkologen-Humor zu sein. Aber sie darf das sagen, wir verstehen uns. Sie meint, wenn die Therapie anschlägt, wird man schon jetzt sehen, dass die Knoten kleiner geworden sind. Ehrlich gesagt, wenn ich taste, fühlt sich alles noch genauso an. Nur für einen Moment stelle ich mir vor, ich lasse hier alle vier Wochen Chemo und Antikörper in mich hineinträufeln – und das Ganze bringt nichts. Dann haben wir ein Problem. Nun ja. Eins nach dem anderen. Am 18.4. muss ich zum Labor, am 29.4. machen wir ein CT, ein paar Tage später folgt die Auswertung. So ist jetzt die Lage. Sie meint, wir könnten dann die Medikation verändern. Der Vorgänger meines Antikörper-Medikaments macht den Job wohl auch noch gut und ist vielleicht besser verträglich. Das hoffe ich mal.

Hallo Tim, ich denke an dich. Das wird schon. Ich habe ein gutes Gefühl. Was wahrscheinlich nur heißt: Ich will, dass das bitte, bitte gut wird! Du hast schon so viel geschafft. Du bist doch auf einem guten Weg. So denke ich und versuche mich zu beruhigen. Und dich auch ein wenig. Weißt du was? Ich muss dir noch etwas erzählen: Ich fahre am Freitag für zehn Tage nach Südfrankreich! Es geht noch mal nach Collias, direkt am Gardon, nicht weit von Nîmes. Eine Freundin von mir hat da eine Ferienwohnung mit einer ganz süßen Dachterrasse und hat spontan gefragt, ob ich nicht eine kleine Auszeit gebrauchen könne. Pias Papa zieht zum Glück mit, er kann es einrichten. Als Vater ist er ja nach wie vor ziemlich gut zu gebrauchen. Natürlich werde ich sie vermissen, ich muss mir immer einen kleinen Ruck geben, aber mal allein weg tut auch gut. Das haben wir schon öfter gemacht. Toll, oder? Du kennst ja die Gegend von früher. Da könnten wir eigentlich auch mal wieder zusammen hin …

Nichts lieber als das. Ich würde sagen, im August erst mal nach Schweden und dann, wenn hoffentlich alles überstanden ist, im nächsten Frühjahr an den Gardon. Ich bin ein bisschen neidisch. Das Höchste der Gefühle ist für uns hier, mal ein paar Tage nach Holland an die Nordsee zu fahren, wenn es mir gut genug geht. Aber ich gönne es dir, sehr sogar. Du musst mir unbedingt schreiben!
Umarmung
Tim

Das mache ich! Und du hältst schön durch und machst dich nicht verrückt, ja?
Umarmung
Sarah

17. April, 12:24 Uhr

Hey Sarah, wie geht es euch im schönen Süden? Schreibst du mir was? Was Schönes, was Schweres. Egal. Irgendwas. Das würde mir die Wartezeit etwas aufheitern. Morgen ist mein erster Termin, dann erheben wir erst mal neue Blutwerte.

Hallo Tim, mein Lieber! Ich bin gerade unten im Café am Fluss. Im L'enclos, weißt du noch? Ich sitze auf der großen Außenterrasse und schaue etwas versonnen aufs Wasser. Ein wunderschöner Tag, wie er nur im Frühling sein kann. Fast schon Sommer, aber ein anderes Licht. Die Sonne steht noch etwas tiefer. Ich kann mir vorstellen, wie anstrengend das Warten auf das CT ist. Davon hängt so viel ab und genau diesen Gedanken muss man immer wieder verdrängen, sonst wird man bekloppt. Jetzt sitze ich hier und denke an die letzten Monate zurück. Was du alles geschafft hast! Und das alles noch unter dem Eindruck von Lukas' Abschied. Ach, Lieber.

Ich berappel mich gerade etwas. Nach und nach. Ich war tatsächlich erschöpft von der beruflichen Unsicherheit und damit ja immer auch der finanziellen. Das Freelancer-Dasein ist einfach herausfordernd. Vorsichtig formuliert. Ich war zum ersten Mal im Leben so richtig am Hadern. Auch mit dem lieben Gott. Zum Glück gibt es da wieder Kontakt. Darüber können wir auch mal schreiben, aber das führt jetzt zu weit. Meine Freundin Sonja hat das genau gemerkt, und dann hatte sie die Idee, ein paar Tage hierher zu fahren. Mit etwas Abstand betrachtet weiß ich, dass ich reich beschenkt bin.

Wir sind schon ein paar Mal am Fluss gewesen. Heute machen wir einen ruhigen Tag im Haus. Die kleine Dachterrasse ist ein Traum, man guckt so schön über die Dächer der Stadt. Dann etwas Käse, ein Baguette und einen kühlen Rosé, und du glaubst, die Zeit bleibt stehen. Wir haben sehr viel gelacht die letzten Tage. Das hat mir gutgetan.

Lieber Tim, komm gut über die Wartezeit. Lies Krimis, schau Filme oder Serien. Ich kann dir Tipps geben, wenn du willst. Ich werde gleich den Berg hoch schlendern. Sei fest umarmt.

Liebe Grüße an alle

Sarah

Hach, Sarah! Ich danke dir! Davon werde ich jetzt ein Weilchen zehren. Es gibt immer noch viel, was ich gerne vertiefen würde. Wie war das, als du gehadert hast? Wie lief die Kontaktaufnahme mit dem lieben Gott? Erzähl es mir, wenn du magst. Das ist eine Seite, die mich wohl auch sehr interessiert. Ich wünsche dir einen wunderbaren

Abend und weiterhin gutes Berappeln. Schöpfe jeden Tag ein bisschen Kraft aus der Frühlingssonne, dem Blick ins Tal, dem Rauschen des Wassers, dem Lachen mit deiner lieben Freundin … Okay?
Lieben Gruß
Tim

29. April, 15:05 Uhr

Liebe Sarah, heute war das CT. Es lief wie immer. Aber ich war schon ein bisschen aufgeregt. Hoffentlich sieht man, dass alles zurückgeht. Remission nennen sie das. Rückzug. Das Einzige, was ich diesen Zellen jetzt noch erlaube: Rückzugsgefechte. Aber ich weiß erst am Donnerstag, ob wir wirklich Erfolg haben – und wie es dann weitergeht. Bevor man in die Röhre kommt, sitzt man immer erst eine volle Stunde in einem Warteraum und muss nach und nach einen ganzen Liter Kontrastmittel trinken. Da ist viel Zeit zum Nachdenken.

17:37 Uhr
Sorry, ich wurde vorhin unterbrochen. Ich habe jetzt viel über das Sorgen nachgedacht. Ob man die eigenen Gedanken vielleicht ein wenig steuern kann. Wie oft kommen sie über mich, obwohl ich es gar nicht will. Du kannst dich über deinen Ex aufregen, ich kann weiter über die eigene Krankheit nachgrübeln, du kannst dich ins Café setzen und in einen Roman versenken, wir können Pläne schmieden für den nächsten Urlaub. Manche können sogar philosophische Debatten führen oder die Statik einer Brücke berechnen. Alles mit der Kraft der eigenen Gedanken. Und wir können uns Sorgen machen.

Viele verschwenden sogar ziemlich viel Zeit auf die Sorgen. Denkst du das auch manchmal? Diese Typen, die immer so in Habachtstellung leben. Wie ein Boxer, der seine Arme und Fäuste leicht angewinkelt vor dem Kopf hält, hin und her tänzelt und nur ab und zu durch seine Deckung hindurchguckt und einen Blick nach vorne wagt. Immer in der Defensive. Es könnte ja gleich der nächste Schlag kommen. Männer machen das, Frauen machen das. Manche glauben: Wenn ich mir nur genug Sorgen mache, wenn ich nur genug vorbereitet bin, dann kann mir nichts passieren. Was natürlich Mumpitz ist. Vollkommener Unsinn.

In der Onkologie gehen wir alle ein und aus: die Fröhlichen, die Unbekümmerten, die Sorgenvollen, die Zerknirschten, die Gesundheitsfanatiker und die Rock 'n' Roller. Alle hat sie das Schicksal getroffen. Der K.-o.-Schlag. Die Diagnose. Nützt also nichts, das ganze Sorgenmachen. Du kannst deinem Leben nicht einen Tag hinzufügen. Nicht mal eine Stunde. Geschweige denn fünf Jahre oder zehn.

Oho, der Herr kann „geschweige denn …“ sagen! Hast du mal versprochen, auf diese alte Wendung aufzupassen? Sie zu benutzen ab und zu, damit sie nicht verloren geht?

???

Nichts für ungut. Ich liebe ja diese alten Worte. Ehrlich. Trotzdem putzig, wie du manchmal schreibst. Nimm's mir nicht übel, ja? Spielst du denn jetzt gerade im Team „Sorgen“ oder im Team „wird schon“?

Nein, keine Sorge, ich bin nach wie vor im Team „wird schon“.

Mir fällt etwas ein: Ich muss plötzlich an meine Zeit in Afrika denken. Dieser Freiwilligendienst nach dem Abi. Davon habe ich dir nie viel erzählt, wir hatten ja schon keinen Kontakt mehr damals. Ist ja auch egal. Jedenfalls sehe ich jetzt plötzlich diesen jungen Mann vor mir, der mich anstrahlt. Er sagte: „Guck mal, ich habe nicht nur genug für heute, ich habe schon genug für morgen!“ Und damit meinte er wirklich nur den nächsten Tag. Diese Fröhlichkeit, dieses Unbekümmerte. Er hat nicht darüber nachgedacht, ob es später mal eine Grundrente für alle gibt. Was soll das sein, Sicherheit? Aber abends haben wir getanzt bis zum Umfallen.

Ja, genau, das ist es! Dieses ganze Grübeln und Sorgen bewirkt ja nur eins: Du verpasst den wunderbaren Augenblick, der gerade vor dir liegt. Weil du mal wieder in Deckung gegangen bist. Neulich lag einer neben mir auf der Station, der das zweite Mal da war. Auch er hatte ein Lymphom. Es sah lange gut aus, aber nach fünf Jahren war es wieder da. Großer Mist. Alles von vorn. Schon fange ich an zu grübeln. Was, wenn das bei mir auch so ist? Wenn das hier nur ein Testlauf ist für irgendwas, das noch kommt. In drei Jahren, in fünf Jahren, keine Ahnung wann.

Mein Bettnachbar muss mir das angesehen haben. Ich hatte gar nichts gesagt. Aber er erzählte mir dann von dem Psychologen, bei dem er damals ein paar Mal gewesen sei. Der hatte mit ihm zusammen überlegt: Wohin führt das Grübeln, was nützen die Sorgen? Entweder kommt die Krankheit gar nicht wieder, dann waren alle Sorgen umsonst. Oder sie kommt wieder. Dann habe ich die gute Zeit, die mir bis dahin geschenkt war, mit Sorgen vertan. Das wäre eine klassische Lose-lose-Situation.

Du kannst aber auch gewinnen! Indem du die Sorgen loslässt und die Zeit genießt. Ich kann den Moment wahrnehmen. Die Sonne, das gute Essen, den Nebel. Dass Sophie nach meiner Hand greift, wenn wir im Kino eine Liebesromanze sehen. Dass wir auf dem Campingplatz den letzten Platz direkt am Wasser erwischen. Dass die Kollegen im Büro mir unerwartet einen fetten Blumenstrauß nach Hause schicken. Also nein: Ich spiele nicht im Team „Sorgen", ich spiele im Team „Leben".

Die Tage in der Onkologie sind manchmal die reinste Selbsthilfegruppe. Der Mann hat dann noch von solchen Übungen erzählt. Was tun, wenn die Angst doch kommt? Man könnte sie dann eine Weile betrachten, „Hallo" sagen und dann auf eine Wolke legen und wegfliegen lassen. Nach dem Motto: Schönen Tag noch, liebe Angst, ich mache mir jetzt einen Kaffee. Finde ich faszinierend. Und es funktioniert. Ich hab's schon ausprobiert.

Und wie viele Wölkchen von dir gibt es schon da oben? Tim, mein Lieber, das ist großartig. Weißt du, was verrückt ist? Dieses Achtsame, dieses Genießen, nur das rettet mich, wenn ich mal wieder hadere. (Nur in Klammern: Mit wem hadert man eigentlich wirklich? Mit dem Schicksal? Mit Gott? Mit sich selbst? Darüber müssen wir mal reden.) Wenn mir dieser Auftrag wegbricht. Wenn ich mir wieder irgendwo was leihen muss. Was mich dann rettet vor all den Gedanken, ist der Moment. Dass ich jetzt lebe.

Dann achte ich genau auf alles, was ich mache. Wenn ich unter der Dusche stehe und das warme Wasser auf meine Haut prasselt. Wenn ich am Morgen den ersten heißen Kaffee trinke. Wenn ich eine Orange schäle und mit klebrigen Fingern in Stücke teile. Wenn ich meiner Kleinen einen Kuss auf die Stirn gebe, bevor sie geht. Wenn mir auf der Rolltreppe ein interessanter Mann entgegenkommt und sich unsere Blicke treffen für drei lange Sekunden. Ich nehme alles wahr. Ich mache eins nach dem anderen. Dann fühle ich mich reich beschenkt.

Du flirtest mit Männern auf der Rolltreppe?

Ja, warum nicht?

Och, nur so.

Aha. Mein fürsorglicher Freund macht sich Gedanken …

Immer. ☺ Hast du mal ein Stück Orange für mich? Mir läuft schon das Wasser im Mund zusammen.

2. Mai, 18:25 Uhr

Juhu! Es gibt Entwarnung! Es wird gut! Liebe Sarah, wir sind auf dem richtigen Weg. Team „wird schon" führt nach Punkten. Heute war das Gespräch mit der Ärztin. Sie hatte nur gute Nachrichten. Alle Blutwerte sind okay. Und das CT zeigt einen ersten Rückgang. Es sind jetzt nur noch 3,7 x 2,8 cm. Das ist ein echter Fortschritt. Sie sagt, das sei genau das, was sie erhofft und erwartet hatte. Wir können also beruhigt weitermachen und wechseln das Medikament. Mitte des Monats steigen wir wieder ein.

Hey Tim, das ist großartig! Ich freue mich sehr für dich! Umarmung!

16. Mai, 22:54 Uhr

Hallo Sarah, meine liebe Tagebuchleserin! Bist du noch wach? Ich habe heute tagsüber so viel geschlafen, dass ich jetzt noch etwas schreiben könnte …

Tim, mein Lieber, da bist du ja! Therapie gut überstanden? Ich bin da.

Therapie? Geht so. Es haut mich jedes Mal ziemlich um. Aber ich habe alles vertragen! Kein Schüttelfrost, kein Fieber, nichts dergleichen. Nur diese unfassbare Schwere und Müdigkeit. Jetzt sitze ich hier, denke nach und werde mal wieder meinen ohnehin nicht vorhandenen Schlafrhythmus durcheinanderbringen.

Es ist wirklich faszinierend, wer da so alles reinkommt in die onkologische Ambulanz. Ich bin ja immer schon früh dran, weil ich den ganzen Tag da liege. Jedenfalls an Tag eins, wenn die Antikörper dran sind. Andere Patienten bekommen nur ihre Chemo, damit sind sie in gut zwei Stunden durch. So wie der ältere Herr, der am Montag so gegen halb zehn reinkam.

Er betrat das Krankenzimmer wie ein Finanzbeamter sein Büro: graue Bundfaltenhose, hellblaues Hemd, dunkelblauer Pullunder, eine alte, lederne Aktentasche. Er setzte sich auf die Bettkante, zog die Schuhe aus, öffnete die Tasche und nahm ein paar warme Socken heraus. Die zog er sich in Ruhe an, stellte die Aktentasche neben das Bett und legte sich hin. Nicht unter die Decke, sondern einfach obendrauf. Als gehöre er gar nicht hier hin. Als wäre er gar nicht richtig da. Du könntest nachher kurz die Decke glattstreichen und er hätte keine Spur hinterlassen.

Dann kam die Ärztin. „Guten Morgen, Herr Jansen!" „Guten Morgen!" Herr Jansen guckte aufmerksam, diese Ärztin schien er noch nicht zu kennen. Frau Dr. Peters ist nur an zwei Tagen in der Woche hier, das habe ich schon herausgefunden. „Wie geht es Ihnen?" „Gut." „Wo darf ich denn?" Sie musste einen Zugang legen. „Ach, es ist überall schwierig." „Na gut, dann machen Sie mal eine Faust!" Sie klopfte hier und da die Venen ab, um eine geeignete Stelle zu finden. „Es ist das zweite Mal, dass ich Krebs habe." „Es wird jetzt ein bisschen kalt." Frau Dr. Peters sprühte das Desinfektionsmittel auf den Arm von Herrn Jansen. „Seit zweieinhalb Jahren komme ich jetzt schon hierher." „Es piekst jetzt ein bisschen." Frau Dr. Peters setzte die Nadel an und versuchte die Vene zu treffen. „Letztes Jahr ist meine Frau gestorben." „Sie können die Faust jetzt aufmachen, Herr Jansen." Frau Dr. Peters hatte eine Vene getroffen, und ich dachte über die nächste Seminar-Einheit „Kommunikation für Ärztinnen und Ärzte" nach. Herr Jansen öffnete seine Hand.

Wie es ihm ging, teilte er in diesen kurzen Sätzen mit. Es ist seine Art, sich überhaupt zu öffnen. Knapp und bestimmt, mit wenigen Worten. Als würde er jedes Mal einen kleinen Versuchsballon starten. In der Hoffnung, dass sein Gegenüber ihn aufschnappt und ansieht. Wenigstens einmal wahrnimmt, wie es ihm wohl geht. Heute hatte er keinen Erfolg. Frau Dr. Peters ging, und zehn Minuten später kam die Schwester mit der Chemo.

Bevor sie die Infusion anlegte, fragte sie Herrn Jansen nach seinem Geburtsdatum. So ist die Routine. Die Schwester verglich das mit dem Aufdruck auf dem Infusionsbeutel. So wird sichergestellt, dass Herr Jansen auch wirklich die richtige Chemo bekommt. „17.09.1935." Ich rechne kurz nach. Herr Jansen ist 83 Jahre alt. Er ist seit zweieinhalb Jahren an Krebs erkrankt. Zum zweiten Mal, wie er sagt. Lässt sich mit dem Krankentransport herbringen und absolviert seine Chemo, Monat für Monat, so als ginge er morgens ins Büro.

„Mein Vater ist 86", eröffnete ich das Gespräch. „Man kann sich nicht aussuchen, wie man alt wird", antwortete Herr Jansen. Und dann erzählte er mir von seiner Krankheit. Und vom Alleinsein. Auch von seinen Töchtern und von der jüngsten Enkelin. Nächstes Jahr im Mai wird sie konfirmiert. Das will er unbedingt miterleben. Er hat einen Freund, sie kennen sich seit dem Studium in den 50ern. Die anderen aus der alten Clique sind schon verstorben. Sein Freund ist noch ziemlich mobil. Er hat ein Ferienhaus in Holland am Strand. Als seine Frau starb, erzählte Herr Jansen, habe sein Freund ihn eingeladen, eine Woche zu ihm an die Nordsee zu kommen. Es wurden 14 Tage. Sie sehen sich wieder öfter seitdem.

„Haben Sie jemals überlegt, keine Therapie mehr zu machen?", traute ich mich irgendwann zu fragen. „Man kann sich doch nicht einfach aufgeben", antwortete Herr Jansen. Bei ihm klang das eher pflichtbewusst und nicht gerade lebenshungrig. Er bügelt seine Hemden. Er legt seine Socken zusammen. Er lebt sein Leben. Kann ich beurteilen, ob das für ihn lebenswert ist? Kann ich nicht. Aber ich denke wieder darüber nach, ob es eigentlich irgendwann einen Zeitpunkt gibt, wo es leichter fällt loszulassen? Wie läge ich wohl da, eines Tages, mit 83, wenn der Krebs wiederkommt? Was hält mich am Leben? Heute und vielleicht in 30 Jahren? Bei Herrn Jansen sind es die Töchter, die Konfirmation der Enkelin nächstes Jahr im Mai, die Freundschaft zu seinem alten Studienfreund. Beziehungen also. Und noch diese bestimmte innere Haltung, dass man sich nicht aufgibt.

Sarah, meine Liebe, warum erzähle ich dir das? Ich finde das ziemlich faszinierend. Ich sag mal so: Ich kann auch jetzt schon sagen, dass ich gelebt habe. Da fehlt nichts. Ich weiß ja noch nicht, wie die Weichen gestellt werden, aber ich behaupte, ich könnte loslassen. Trotzdem stelle ich mir vor, wenn ich da läge wie Herr Jansen mit 83 Jahren, würde es mir doch noch leichter fallen. Weil es dann irgendwann „dran" ist zu gehen, weil es dann „normal" ist. Nur: Es scheint ja auch im Alter noch eine Kraft zu geben, die einen am Leben hält. Und dann fällt es eben mit 83 genauso leicht oder schwer, das Leben loszulassen, wie mit 53. Das verwirrt mich etwas. Vielleicht kannst du helfen.
Gruß
Tim

Hey Tim, mein Lieber! Wie wäre es mit einem Deal? Wenn ich in 30 Jahren noch da bin, dann bleibst du auch noch da. Und umgekehrt natürlich. Okay? Dann erzählen wir uns von unseren Gebrechen, trinken gelegentlich einen Rotwein und fahren im Sommer nach Südfrankreich oder Schweden. Na ja, vielleicht lassen wir uns auch fahren von unseren wunderbaren Töchtern. Vielleicht habe ich ja auch mit 65 den Mann meines (verbleibenden) Lebens kennengelernt, eine Altersliebe wie im Film, und er kommt mit. Tim und Sophie, Sarah und Mr. Right, dazu ein paar von unseren Enkeln. Ich glaube, einen Bulli mit acht Plätzen kriegen wir locker voll. Was meinst du? So wie früher. So wie die Hippies. Ich nehme die Gitarre mit, und du machst wieder das Lagerfeuer am Strand. Aber lass die Cowboystiefel zu Hause, okay? Ehrlich gesagt, ich freu mich jetzt schon. Abgemacht?

Moment, nicht so schnell! Deinen zukünftigen Lover will ich erst mal kennenlernen, bevor ich mit ihm nach Schweden fahre. Aber sonst: ein guter Plan!

Eben. Und dann will ich dich mal sehen, wie du sagst: Och, das mit dem Krebs ist schon okay, ich habe ja gelebt, lass mal gut sein mit der Therapie …

Sarah, das ist nicht fair. Du lockst mit Rotwein, Gitarre und Sonnenuntergang. Und ich könnte noch mal neben dir am Strand sitzen und aufs Meer gucken wie damals mit 15. Nachher machst du auch noch deinen berühmten Blaubeerkuchen. Wie soll ich da widerstehen?

Das Beste ist, wir wären alle zusammen da und unsere Liebsten um uns herum.

Ja doch, du hast ja Recht. Aber noch mal: Du meinst also nicht, es wird irgendwann leichter? So ein bisschen jedenfalls?

Neulich war ich bei meiner Mutter. Wir saßen am Küchentisch und haben über dich gesprochen. Wie das wohl ist, wenn man so eine Krankheit hat. Und wir können es ja nachfühlen. Zumindest wie es ist, einmal so an die Grenze geführt zu werden, an die Grenze zwischen Leben und Tod. Meine Mutter war bei mir, als ich den Schlaganfall hatte, als es mir so elend ging, als wir nicht wussten, was wird. Es wird bei dir wieder ganz anders sein, versteh mich nicht falsch, aber ich glaube, wir kennen das Gefühl, dass sich das Leben sehr plötzlich verändern kann. Oder mit einem Schlag zu Ende sein kann. Auch das habe ich mir ja vorgestellt damals. Und plötzlich wird das akut, was du dir immer nur ausmalst, theoretisch und weit weg. Plötzlich ist die Möglichkeit da. Jetzt. Morgen vielleicht. Und du denkst an deine Tochter, an deine Lieben, die Familie, die Freunde. Du spürst es plötzlich körperlich am eigenen Leib. Bist völlig verzweifelt. Du weißt, wovon ich spreche. Das verändert ja etwas. – Damals habe ich zu ihr gesagt: „Mama, wenn mir heute jemand einen Vertrag anbieten würde, in dem steht, ich werde 83 Jahre alt … ich würde unterschreiben. Auf der Stelle. Ohne jede Frage.“ Nur: Sie ist jetzt 83. Und sie sagt: Wenn du da angekommen bist, willst du immer noch leben. Weil das Leben immer JETZT ist. Und nicht irgendwann in der Zukunft.

…

Tim, bist du noch da?

Ich denke nach.

Und verrätst du mir auch, wo du so landest mit deinen Gedanken?

Ach, ich werde gerade etwas melancholisch. Aber sag mal, das mit dem Bulli und dem Hippie-Leben am Strand … warum sollen wir eigentlich warten, bis wir 83 sind? Hast du nicht gerade geschrieben, dass wir JETZT leben?

Oh. Jetzt muss ich nachdenken. …

Ich bitte darum ☺ Gute Nacht?

Gute Nacht!

28. Mai, 7:54 Uhr

Guten Morgen Sarah! Ich konnte die ganze Nacht kaum schlafen. Ich habe uns immer an der Ostsee gesehen. In diesem Sommer! Es wäre so schön!

Mal ganz praktisch: Wir sind ja sowieso mit dem Bulli unterwegs. Also je nachdem, wie es weitergeht und wie ich alles weiter vertrage. Aber meine Ärztin ist ja bereit, eine Chemo noch mal so zu verschieben, damit ein bisschen Urlaub mit der Familie dabei herausspringt.

Wir planen das mal grob für den August. Da ist „unser" Haus frei. Wollt ihr nicht einfach eine Zeit lang dazukommen? Es würde mir sehr viel bedeuten.

11:13 Uhr
Puh, Tim … darüber muss ich wirklich etwas länger nachdenken. Ich kann es dir nicht sofort versprechen. Du weißt, ich habe es mir schon oft gewünscht. Eine echte Revival-Tour. Ich sehne mich auch danach, einige meiner schönsten Kindheitserinnerungen hängen daran. Aber da ist meine Mutter. Ich muss gucken, wie es ihr geht. Ob sie mitkommen kann. Oder ob jemand hier ist, der sich ein bisschen um sie kümmert, falls ich alleine wegfahre, weißt du? Und es kann auch immer sein, dass irgendein Auftrag reinkommt, vielleicht ausgerechnet im August. Was dann? Du weißt, ich bin darauf angewiesen. Vielleicht können wir etwas planen, aber es muss auch eine Ausweichoption geben. Bitte versteh das, ja? Am Ende kann ich es nicht versprechen.

Ach, Sarah, ich weiß nicht. Ganz ehrlich: So richtig verstehe ich es nicht. Es wäre so schön, so besonders. Warum kannst du dir nicht einfach einen Ruck geben? Ihr fahrt doch bestimmt wieder nach Südfrankreich im Sommer. Dafür nimmst du dir ja auch die Zeit. Wir könnten sogar beide Mütter mitnehmen. Ich sehe sie schon in der Nachmittagssonne auf der Terrasse sitzen bei Tee und Blaubeerkuchen, während wir eine Fahrradtour machen zu unserem alten Campingplatz. Ich verstehe gar nicht, wieso dich nicht auch alles dorthin zieht. Sodass der nächste Auftrag mal egal ist, weil du genau das erleben willst!

Tim, du verstehst es einfach nicht! Dass der nächste Auftrag egal ist – das gibt es nicht. Nie! So ist mein Leben nun mal. Vielleicht kannst du dir das doch nicht so richtig vorstellen. Du musst ja auch nie darüber nachdenken.

Kann sein. Natürlich kann ich nur versuchen, es mir vorzustellen. Bestimmt weiß ich nicht wirklich, wie es ist. Das Thema Geld vermeiden wir ja ganz gut. Ich weiß nur, was ich mir wünsche. Gerade noch merken wir, wie kostbar das Leben ist. Warum leben wir dann nicht, was wir uns wünschen? Was muss passieren, damit du dich dafür entscheiden kannst?

Ach, ich weiß es doch auch nicht. Darf ich nicht auch mal etwas ratlos und unentschlossen sein?

Doch, darfst du. Aber vielleicht verstehst du ja, wieso ich so empfindlich werde, wenn es konkret wird. Alles, worüber wir uns geschrieben haben, zerrinnt mir zwischen den Fingern wie Sand. Von wegen: Das Leben ist jetzt. Ich will es doch einfach nur erleben, weißt du?

Ja, ich verstehe. Aber es gibt ja auch andere Bedürfnisse. Mein Bedürfnis nach Arbeit, nach Sicherheit. Das ist auch Leben.

Ja, mag sein. Du hast Recht. Ich will dich nicht bedrängen. Kann ich auch gar nicht.

Vielleicht habe ich auch ein bisschen Angst davor, wenn es konkret wird. Wenn ich mich entscheiden muss. Manchmal denke ich, wir können uns hier auch deshalb so offen schreiben, weil es einen Rest Abstand gibt. Keinen Alltag, keinen Sonnenuntergang, nur unsere Gedanken und ein paar alte Bilder im Kopf. Auch wenn du mal nach Hamburg kommst, ist es anders. Zwei Stunden im Café, ein Spaziergang am Wasser, vielleicht ein Besuch im Museum. Kurz und intensiv. Das ist schön. Und dann gehen wir wieder unserer Wege. Aber: Wer geht einkaufen, wer macht den Abwasch? Fahren wir zum Strand oder zum Hafen? Das hatten wir lange nicht mehr.

No risk, no fun! Ich wäre bereit. Und nun? Was heißt das alles? Was machen wir denn jetzt?

Wie gesagt: Gib mir ein bisschen Zeit. Ich muss das sacken lassen. Plant schon mal, sagt mir die möglichen Termine. Und dann schauen wir mal.

Na gut. Wie gesagt: Ich würde es riskieren. Ich würde mich einfach nur freuen. Aber du musst es auch wollen, das ist ja klar. Ich schicke dir heute einen Na-komm-schon-Mut-mach-Blick und eine zarte Umarmung
Tim

Danke.
Umarmung
Sarah

7. Juni, 17:23 Uhr

Hallo Sarah, heute heiße ich dich in der Schule des Lebens willkommen! Ja, du hast richtig gelesen. So ein Krankenhaus, zumal eine onkologische Ambulanz, ist eine echte Schule. Hier kann man das Leben lernen. Das Leid, die Solidarität, die Sehnsucht, die Schmerzen, die Einsamkeit, die Hoffnung – alles.

Tagsüber gucke ich aus meinem Fenster im ersten Stock direkt auf den Haupteingang. Taxen bringen Patienten oder holen sie ab. Andere kommen mit ihrem Rollköfferchen vom großen Parkplatz gegenüber heranspaziert. Dann steht wahrscheinlich irgendeine geplante Operation an. Meist kommen sie zu zweit. Wenn die Tochter, Mitte dreißig, zusammen mit ihrer Mutter kommt, ist schnell klar, wer bleibt und wer wieder gehen darf. Bei Paaren kannst du nur raten. Manchmal erkenne ich es an der Gestik. Wenn sie ihm laufend etwas erklärt. Oder wenn er fürsorglich seinen Arm um sie legt. Hier gehen jeden Tag Hunderte Menschen ein und aus.

So viel Leben, das irgendwie beschädigt ist, dem irgendetwas fehlt. Also läuft Papa über den Flur mit einer Art rollendem Garderobenständer, an dem irgendeine Infusion eingehängt ist. Nicht in Anzug und Krawatte, sondern in Trainingshose und mit Dreitagebart. Und zwar nicht cool und sexy wie George Clooney in der Kaffeewerbung, sondern eher ungepflegt und leicht heruntergekommen wie Diddi Hallervorden in „Sein letztes Rennen". Irgendetwas ist passiert, und das Leben ist nicht mehr so wie vorher. Menschen müssen etwas durchmachen, worauf sie nicht vorbereitet waren. Lauter einzelne Schicksale. Wenn du gesund bist, bekommst du ja fast nichts davon mit. Aber auch das ist das Leben.

Heute kam mir auf dem Flur eine Frau entgegen, vielleicht Mitte vierzig, Jeans, Lederjacke, Pferdeschwanz, ein buntes Tuch über die Schultern geworfen. Eine attraktive Frau. Aber ihr Gesicht war verzweifelt, eingefroren. Sie starrte geradeaus, kämpfte mit den Tränen und ging Richtung Ausgang an die frische Luft. Sie war allein und wollte auch erkennbar allein sein. Wer weiß, was für Nachrichten sie verarbeiten musste.

Dann hab ich eine Großfamilie gesehen. Eine indische Großfamilie: Vater, Mutter, drei Kinder, die Oma, dann vermutlich noch ein Onkel und zwei Jugendliche, die ich nicht gleich zuordnen konnte. Alle waren da. Alle warteten. Alle waren ins Gespräch vertieft. Vermutlich besuchten sie jemanden. Oder einer von ihnen musste hier gleich einchecken. Was für ein Zusammenhalt. Okay, die Kinder wirkten ein bisschen so, als müssten sie hier sein. Aber wie sonst sollen sie lernen, dass man zusammenhält und da bleibt, wenn jemand krank wird? Ein bisschen Zwang zur Solidarität. Mal etwas aushalten und nicht weglaufen. Ich find's gut. Die Familie fiel jedenfalls auf in all dem Gewusel, wo Menschen doch meist allein oder zu zweit unterwegs sind, wo ich am Tag mindestens an drei Menschen vorbeigehe, die so vor sich hin starren und mit den

Tränen kämpfen wie die Frau mit der Lederjacke und dem bunten Tuch.

Ach, Tim, danke für diesen kleinen Besuch bei dir im Krankenhaus. Ja, das sind interessante Beobachtungen. Am liebsten möchte man dem älteren Herrn mit Dreitagebart einen Kaffee bringen oder sich einen Moment zu der indischen Familie dazusetzen. Machst du das manchmal? Sprichst du mal mit jemandem unten in der Cafeteria?

Ja, gelegentlich. Habe ich dir von Charlotte erzählt? Ich glaube, ich hatte sie kurz erwähnt, als wir über Glück und Unglück geredet haben, oder?

Ja, sie wird immer abends von ihrem Mann abgeholt und wirkt glücklich und zufrieden. Auch wenn sie mittags mit ihrer Ärztin noch die neusten Blutwerte diskutiert hat. Ich erinnere mich.

Genau. Und was sie gerade so glücklich macht, ist ihr neuer Job! Das hat sie mir neulich in der Cafeteria erzählt.

Ein neuer Job? Obwohl sie krank ist?

Ja. Sie ist eigentlich Chefsekretärin in einem größeren Unternehmen. Falls man das heute noch so nennt. Vielleicht ist sie auch Executive-Assistant-Irgendwas. Ein Fulltimejob. Sie ist oft länger im Büro geblieben, wenn der Chef noch ein Meeting hatte und anschließend noch etwas fertig werden musste. Sie hat ihn auf Dienstreisen begleitet. Sie hat Gäste begrüßt und Termine gemacht. Und zugleich immer einen Schritt vorausgedacht. So wirkt sie auch. Sie ist so eine Adrette, Aufmerksame. Immer wach und auf den Punkt. Selbstbewusst. Wenn sie mit ihrer Ärztin die neusten Werte durchgeht, setzt sie sich aufrecht auf die Bettkante, und es wirkt, als würden sie die aktuellen Bilanzen besprechen oder das Protokoll der letzten Lagebesprechung mit den chinesischen Partnern. Immer gepflegt, immer freundlich und kompetent.

Aber jetzt macht sie etwas völlig anderes. In ihrem Job musste sie natürlich schnell ersetzt werden, sonst läuft der Laden nicht. Sie hat eine Rückkehroption. Aber ob es jemals dazu kommt, wer weiß das schon? Also hat sie sich etwas völlig anderes gesucht. Am Wochenende hilft sie aus in einem kleinen Tante-Emma-Laden bei sich im Dorf. Das ist im Grunde eine Mini-Filiale des Supermarkts. So etwas haben wir auch zu Hause. Du holst da morgens die Brötchen, nimmst vielleicht noch eine Milch oder einen Salat und die Zeitung mit. Oder du holst schnell am Samstagvormittag, was noch fehlt fürs Wochenende. Der Laden ist klein, aber sie haben alles. So einen Laden gibt es wohl auch bei Charlotte um die Ecke, ein paar Straßen weiter. Sie kann zu Fuß hingehen.

Charlotte erzählt, immer wenn sie da gewesen ist, war sie so fasziniert von der Kassiererin. War sie vorn an der Kasse, quatschte sie fröhlich mit den Kunden. Packte sie hinten Obst und Gemüse aus, jonglierte sie plötzlich mit drei Äpfeln, um ein kleines Mädchen aufzuheitern. Dann hörte sie sich die neusten Sorgen der Mutter an, während die Kleine um die Ecke bog, um das Regal mit den Süßigkeiten zu erforschen. Zurück an der Kasse wünschte sie den beiden einen schönen Tag oder eine gute Woche – und es war keine Formel, weil sie ja wusste, was bei ihnen zu Hause los war.

Wenn Charlotte davon erzählt, geht ein Staunen über ihr Gesicht. „Die ist irgendwie ganz bei sich selbst und jedes Mal total im Kontakt mit den Kunden.“ Freiheit hieß für Charlotte immer Festanstellung, Fulltimejob, Verantwortung. Dann hatte man es geschafft. Dann konnte man sich etwas leisten. Aber was eigentlich? Hatte es irgendeine Bedeutung? Für sie selbst, für andere? Und der ständige Druck. Immer noch was machen, damit es weitergeht, damit die Zahlen stimmen. Und jetzt der Tante-Emma-Laden. Auf einmal hing nämlich ein Zettel im Fenster: Aushilfe gesucht an Wochenenden.

Charlotte hat nicht lange gezögert. Genau das wollte sie machen. Und genau dafür würde auch ihre Kraft reichen.

Also ist sie jetzt samstags vier Stunden im Laden und manchmal auch sonntags für den Brötchenverkauf. Sie spricht mit den Kunden über die kleinen, alltäglichen Dinge, die manchmal eben doch große Dinge sind: das Wetter, den Job, das Fußballspiel der Enkel am Sonntag. Die Baustelle auf der Landstraße, der Besuch vom Ex am letzten Freitag – und ob der Rotwein etwas taugt dahinten im Regal. Sie liebt es. Es ist eine Aufgabe, bei der es sofort Resultate gibt. Ein Lächeln, eine vollgepackte Einkaufstüte, ein guter Vorsatz fürs nächste Date. Und für sie selbst gibt es das Gefühl, Teil einer großen Gemeinschaft zu sein. Ein kleiner Teil der ganzen Geschichte im Leben von so vielen verschiedenen Menschen. Es macht sie glücklich. Es erfüllt sie sofort – und nicht irgendwann.

Du bringst mich noch auf Ideen mit dieser Geschichte. Diese Sehnsucht nach Freiheit verstehe ich gut. Kein Vollzeitjob, kein Druck, keine Termine, sondern machen, was möglich ist. Das, wozu man Lust hat. Das, wozu die Kraft reicht. Ein bisschen was von mir erkenne ich darin wieder. Ich habe keine Sicherheit, aber ich liebe diese Freiheit. Das ist das Tolle an meinen ganzen freiberuflichen Sachen. Weißt du noch, wie ich mal eine Zeit lang als Tagesmutter gearbeitet habe, weil einfach etwas Geld reinkommen musste? Das war noch, bevor ich die Ausbildung zur Trauerrednerin gemacht habe. Mit den Kindern war es natürlich toll, aber dreimal die Woche fest zu einer Familie? Um Erlaubnis bitten und frei nehmen, wenn ich mal Zeit brauchte für ein Projekt, für einen entscheidenden Termin? Das war furchtbar. Diese Abhängigkeit war gar nichts für mich. Klar, es hat auch eine Kehrseite. Ich muss ganz schön ackern, damit ich irgendwie im Geschäft bleibe. Aber ich entscheide, was ich tue. Das ist großartig. Ein bisschen wie bei Charlotte, die plötzlich etwas findet, das zu ihr passt und was sie jetzt unbedingt tun möchte.

Genau! Und schon wieder führt die Krankheit zu einer großen Veränderung – und zwar auf einem Nebenschauplatz. Das ist die Überraschung: Das hässliche Schicksal hat zu einer schönen Veränderung geführt. Ja, auch Charlotte muss Therapien über sich ergehen lassen und die Blutwerte im Blick behalten. Aber samstags blüht sie auf. Da ist sie in ihrem Element. Was sie gerade erst gefunden hat.

P.S. Heute war auch Hans-Peter da. Er hat abgenommen. Sein Gesicht ist nicht mehr so voll und rund wie noch vor drei Monaten, als wir uns das erste Mal gesehen haben. Er hat viel geschlafen und wir haben wenig geredet. Ich mache mir Sorgen. Aber dieses Funkeln in den Augen ist immer noch da.

Oh, das hört sich nicht gut an. Hat er gesagt, was los ist?

Irgendwelche Blutwerte sind nicht so wie erhofft. Dass ich noch mal vorbeikomme oder wir uns mal zu viert treffen, passt wohl gerade nicht so gut.

Verstehe.

PPS. Hast du schon mal deine Fotos durchgesehen?

Fotos? Ach so, ja. Jedenfalls alle, die ich hier habe. Kann sein, dass bei meiner Mutter noch eine Kiste schlummert. Aber bisher ist nichts dabei. Wir tappen also weiter im Dunkeln, was das verlorene Bild angeht.

10. Juni, 8:43 Uhr

Hey Sarah, bist du schon auf den Beinen? Meine Mutter hat auch noch mal nach Fotos gestöbert. Stattdessen hat sie ihr Urlaubstagebuch von damals wiedergefunden. Da ist für jeden Tag etwas notiert, nur ein paar Zeilen. Sie hat mir das eingescannt und geschickt. Habe ich mir gestern Abend mal angesehen.

Hey Tim, guten Morgen, mein Lieber! Das hört sich vielversprechend an. Eine kleine Zeitreise. Und zwar unverfälscht. Ist was Spannendes dabei?

Es ist auf jeden Fall interessant. Meine Mutter hat nicht viel über Befindlichkeiten geschrieben, sondern eher, was wir alle gemacht haben: „Fahrradtour zur Westküste mit Blaubeerpflücken." „Die Jugend trifft sich mit den Fahrrädern." „Haustag, um den Sonnenbrand zu pflegen. Einweihung des neuen Waffeleisens." „Die Kinder gehen abends in Böda zum Tanzen – bis 0:15 Uhr." „Nachmittags wieder bei herrlichem Wetter am Strand." „Tim und Becci unterhalten sich ausgiebig auf der Hollywoodschaukel." – So in diesem Stil geht es weiter. Am 27. Juli 1980 schrieb sie: „Ab 18 Uhr großes Grillen mit 13 Personen an unserem Feierplatz an der Westküste." Das war eine meiner Erinnerungen, weißt du noch? Und genau von dem Abend gibt es Fotos in Lukas' Album.

Aha! Tim und Becci unterhalten sich ausgiebig … muss ich mir jetzt Gedanken machen?

Die Hollywoodschaukel gibt es heute noch. Neu gestrichen und mit neuen Stoffen bezogen. Wir könnten noch in diesem Sommer Platz nehmen. Die Morgensonne ist besonders schön an der Stelle. Wenn der Tau noch über dem Gras liegt, die Spinnenweben in den Wacholdersträuchern glänzen und alle anderen noch schlafen.

Oh ja, das klingt schön! Wenn deine Mutter einverstanden ist, schick uns mal das Ganze. Würde Becci bestimmt auch interessieren!

15. Juni, 10:07 Uhr

Guten Morgen Tim. Ist heute nicht der Tag? Ich werde heute Mittag mal in die Kulturkirche in Altona gehen. Das wird ein schöner Spaziergang. Du kannst da einfach rein und in der Stille sitzen. Nachdenken, beten vielleicht, eine Kerze anzünden. Es ist ein besonderer Ort. Ich habe da schon Verdis Requiem gehört, mit den Mädels eine Wein-Messe besucht und ein Jazzkonzert.

Auf dem Weg komme ich immer an meiner eigenen Vergangenheit vorbei. Ein paar abgeranzte, aber immer noch sehr kultige Clubs. Ob ich mich noch mal da reintraue irgendwann? Warum nicht? Wenn man sich mal ablenken will, alles loswerden, alles wegtanzen, dann gibt es nichts Besseres. Aber nicht heute. Heute werde ich einfach durch die Straßen schlendern und dann in diese Stille in der Kirche eintauchen. Ein bisschen nachdenken und an dich denken. Bestimmt auch an uns vier. Becci, Lukas, du und ich. Aber ganz besonders an dich. Denn du hast deinen Bruder verloren. Da waren's nur noch drei.

Ein Scheißspiel. Ein Trauerspiel. Aber ich bin bei dir. So gegen 12 Uhr.
Umarmung
Sarah

Das ist sehr lieb, Sarah. Es berührt mich jetzt schon. Aber heute ist der falsche Tag! Übermorgen ist Lukas' Todestag. Ich packe gerade ein paar Sachen. Denn ich habe mir etwas überlegt. Ich will da hin. Dorthin, wo er gestorben ist. In den Norden, nach Ostfriesland. Und dann auf die Insel für einen Tag. Irgendwie muss ich mich noch mal dem Gefühl stellen. Vor dem Haus stehen, wo er mit seinen Freunden gewesen ist. Zum Strand runtergehen. Das Meer rauschen hören. Es gibt ein paar Fotos aus diesen letzten Tagen. Da sitzt Lukas mit Windjacke in den Dünen und guckt aufs Meer.

Mir geht es ganz gut gerade. Wenn ich zwei, drei Pausen mache, müsste ich die Strecke schaffen. Dann übernachte ich eine Nacht in Leer, und dann gehts weiter nach Norden. Da gibt es einen guten Stellplatz direkt hinterm Deich. Und am nächsten Tag nehme ich die Fähre nach Norderney. So ist der Plan. Sophie war erst dagegen. Sie muss arbeiten und mag es nicht so gerne, wenn ich alleine unterwegs bin. „Was, wenn irgendwas mit dir ist?", fragt sie dann und macht sich Sorgen. Kann man ja verstehen. Aber ich will es unbedingt. Ich möchte einfach wissen, was passiert, wenn ich da bin, wo Lukas ganz zum Schluss gewesen ist.

Puh, Tim, da muss ich eben mal tief durchatmen. Was für ein Plan! Aber ein guter Plan. Doch. Und ich habe mich im Datum vertan, wie blöd ist das denn? Dann also übermorgen. Da kann ich wohl erst am Nachmittag. Dann wäre ich so gegen 16 Uhr in der Kirche. Bist du dann noch auf der Insel?

Ja. Die letzte Fähre geht um 18:15 Uhr. Vielleicht habe ich dann die stärksten Eindrücke schon hinter mir und trinke am Strand einen Kaffee. Da gibt's so ein Café/Restaurant, das liegt windgeschützt mitten in den Dünen. Der „Strandpieper". Das hat Lukas mal erwähnt, vielleicht drei Wochen bevor sie gefahren sind. Er war ja immer noch so geschwächt nach seiner Herz-Operation. Das war ja klar. Also haben sie nach Orten geschaut, die gut für ihn sind. So wie dieses kleine Restaurant. Von dort aus geht ein breiter, befestigter Weg direkt runter zum Strand. Das sind nur diese Bohlen, zu einem Pfad verlegt. Aber du musst eben nicht durch den Sand stapfen. Es ist viel leichter zu gehen. Da werde ich wohl sitzen um 16 Uhr. Dann haben wir ein imaginäres Date. Du in der Kirchenbank, ich im Café.

Sehr schön. Ich werde da sein.

Ist das übrigens diese Kulturkirche in Altona, wo „Fettes Brot“ ihr Video gedreht haben? Mit dieser Party-Hochzeit in der Kirche und unzähligen, ständig wechselnden Bräuten? „Ich hab sie alle geliebt … und es war jedes Mal für immer“ – oder so ähnlich. Richtig? Die scheinen ja sehr cool drauf zu sein in dieser Kirche.

Ja, genau! Mit Hip-Hop-Tanzeinlagen mitten im Kirchenschiff. Ist eine Weile her, aber stimmt. Und Nena hat in der Kirche ihren 50. Geburtstag gefeiert. Die machen da ziemlich viel. Die h-Moll-Messe von Bach, Rockkonzerte mit riesigen Boxen und Lichtshow und dann ein Jazzgottesdienst am Samstagabend. You name it, they got it!

Und das hast du mir bisher vorenthalten? Da müssen wir unbedingt mal hin, wenn ich mal wieder in Hamburg bin! Abgemacht?

Abgemacht! Aber jetzt erst mal alles Gute für übermorgen! Dass du gut hinkommst. Und dass es auch sonst irgendwie gut wird. Ich denk an dich.

17:03 Uhr
Hallo Sarah, nur ganz kurz: bin gut angekommen. Morgen mache ich mir einen entspannten Tag in Leer. Hübsches Städtchen am Wasser. Übermorgen dann weiter nach Norddeich zur Fähre.

Super. Hört sich gut an. Hast du die Strecke gut geschafft?

Ja, hat geklappt. Zwei längere Pausen habe ich gemacht. Auf der letzten Etappe ging mir etwas die Puste aus. Aber ich bin da. Ich werde gut schlafen.

18. Juni, 17:47 Uhr

Hey Sarah, bist du da?

Ja, auf Empfang. Erzähl, wie war es?

Ich bin zurück, aber das war alles sehr seltsam. Gestern habe ich noch über die Nordsee Richtung Norderney geguckt, heute bin ich wieder zu Hause in der Sonne. So ein Mist aber auch. Da fahre ich 400 km weit Richtung Norden, und dann bläst der Wind so stark wie vor einem Jahr. Der Fährbetrieb eingestellt und ich auf dem Festland. Heute habe ich mir hier zu Hause das Fahrrad geschnappt und bin zum See gefahren. Ich wollte noch mal für mich sein. Ist alles ein bisschen viel.

Die Erkenntnis des gestrigen Tages: Ein Ort ist nur ein Ort. Er bringt dich niemandem näher. Sophie und Lena sind mir nah, obwohl sie zu dem Zeitpunkt kilometerweit weg sind. Du bist mir nah, wenn wir uns schreiben. Lukas ist mir nah, wenn ich an ihn denke. Ich erinnere mich, wie ich in der Runde seiner Freundinnen und Freunde sitze nach der Beerdigung. Das geht mir nah. Da kriege ich Gänsehaut. Immer noch. Aber in Norddeich? Da ist ein harter Wind und die Wolken sind grau. Ich gehe hilflos an diesem Strand auf und ab, mache Spuren im Sand, setze mich an eine Düne. Warte. Blicke herüber auf die Insel, wo er zuletzt gewesen ist. Die Gruppe kam nicht weg wegen des Sturms. Und genau ein Jahr später komme ich nicht hin.

Aber ein Ort ist nur ein Ort. Er bringt dich niemandem näher. Da passiert gar nichts. Ich weiß nicht, ob es anders wäre, vor dem Haus zu stehen, wo er mit seinen Freunden war, oder genau den Weg zum Strand zu gehen, den er zuletzt gegangen ist. Wäre ich dann genauso ratlos nach Hause gekommen? Ich weiß es nicht, aber ich glaube es fast.

Wir hatten ja keine gemeinsame Geschichte dort. Zuhause und

Öland haben mehr zu erzählen, weil uns die Orte verbinden. Aber das hier? Es bleibt letztlich fremd. Ich war gespannt, was passieren würde. Ich wollte mich noch einmal mit der Trauer konfrontieren. Aber Norderney konnte dazu gestern nichts beitragen. Es ist einfach nichts passiert. Gar nichts. Ich weiß noch gar nicht, was ich davon halten soll.

Dann bin ich über ziemlich leere Autobahnen zurück zu meinen Lieben gefahren. So schön, einen solchen Ort zu haben. Ein Zuhause. Und schön, euch alle zu haben by the way.

Ganz liebe Grüße

Tim

Ja, Tim, das tut mir leid irgendwie. Du hast dir etwas davon erwartet. Und dann passierte so gar nichts. Schade.

Das war ja bei mir ganz anders damals. Papa starb zu Hause. Plötzlich. Er fiel einfach um und war tot. Ein Drama. Ich fuhr noch in der Nacht nach Hause. Mit dem Zug. Die Landschaft rauschte stundenlang an mir vorbei. Ich war die ganze Zeit wie benommen. Du kannst ja nicht vor wildfremden Leuten zu heulen anfangen. Sorry, das kommt gerade alles wieder. Eigentlich will ich etwas anderes erzählen. Das mit dem Ort. Gib mir ein paar Minuten, ich bin gleich wieder da, ja?

Klar. Was immer du möchtest. Ich warte.

So, es geht wieder einigermaßen. Also: Der Ort. Mama ist ja damals ziemlich schnell zu mir nach Hamburg gezogen. Wir hatten das Haus ja nur gemietet. Papa wurde schon hier auf dem Hauptfriedhof beerdigt, weil klar war, Mama würde zu mir kommen und ihren Lebensabend hier verbringen. Sie ist also raus aus dem Haus, wenige Wochen danach. Na ja, und damit war auch unser Zuhause weg. Mein Elternhaus. Mein altes Zimmer. Alles nicht mehr greifbar. Irgendeine andere Familie zog ein.

Aber dann haben wir uns etwas überlegt, vielleicht so ein halbes Jahr danach. Wir sind noch mal hingefahren, haben in dem Restaurant zu Mittag gegessen, wo meine Eltern auch oft waren, zum Beispiel sonntags nach der Kirche. Deutsche Küche, sehr traditionell, aber auch sehr gut. Und dann ist sie mit mir den Weg gegangen, den die beiden oft für einen Spaziergang genommen haben. Auch an dem Tag, als er starb. Erst geht es am Waldrand entlang und dann in einem Bogen durch den Wald wieder zurück. Eine Runde von knapp einer Stunde.

Ab und zu blieb sie stehen, genau an den Orten, an denen Papa an dem Tag stehen geblieben war, um irgendetwas zu sagen. Das machte er ja so. Man plauderte über dies und das, und dann hatte er einen Gedanken, für den es sich lohnte, mal eben innezuhalten. Also blieb er plötzlich stehen, fasste dich vielleicht kurz am Arm, schaute dir direkt in die Augen und sagte, was er sagen wollte. Mama wusste das alles noch. Jeden Satz. Und so sind wir diesen Weg abgeschritten, und ich konnte im Nachhinein dabei sein. Seinen letzten Tag mit abschreiten. Das hat gutgetan. Es hat uns verbunden. Mama und mich – und uns beide mit Papa.

Ein bisschen so, als wärst du auf Norderney vom Strandcafé ans Meer gegangen, Schritt für Schritt wie Lukas vor einem Jahr. Nur: Den Waldweg zu Hause bin ich eben auch oft mit meinen Eltern gegangen. Ich kenne da jeden Stein. Alles ist vertraut. Also kann ich mich erinnern und fühle mich verbunden. Das ist wohl der Unterschied.

Also gräm dich nicht, lieber Tim. Dieser Ort war dir fremd, also blieb er auch fremd. So ist das wohl.

Ja, das wird es sein. Ich danke dir, Sarah. Warst du eigentlich in der Kirche nachmittags um vier? Ich habe an dich gedacht.

Ja, natürlich, ich war da. Und was da passiert ist, war wirklich unglaublich. Schon als ich mich nähere, höre ich Musik. Ein Chor. Aber nichts Klassisches, sondern etwas ziemlich Fetziges. Gospel, Rock,

Jazz, irgendwas in der Richtung. Erst denke ich, da ist ein Konzert und ich komme nicht rein. Aber das ist unwahrscheinlich um diese Uhrzeit. Dann hört es auch plötzlich auf für eine Weile. Also gehe ich weiter und schließlich vorsichtig die Stufen hoch zur Eingangstür. Als ich sie öffne, ist da eine Art Türsteher. Gibt's natürlich nicht in der Kirche. Aber der junge Mann weist mich freundlich darauf hin, dass ich jetzt leider nicht reinkommen könne, denn da liefen gerade die Probe und der Soundcheck für den Gospelgottesdienst am Abend. Ich müsse verstehen.

Ich weiß nicht, wie ich in dem Moment gucke. Plötzlich laufen ein, zwei Tränen über meine Wange. Ich erzähle ihm, warum ich da bin. Dass du gleichzeitig auf Norderney bist, wo vor genau einem Jahr plötzlich dein Bruder gestorben ist. Dass ich jetzt eine Kirche brauche. Vielleicht eine Kerze anzünden möchte. Vielleicht beten. Also lässt er mich doch hinein, und ich nehme irgendwo hinten Platz, ganz für mich allein.

Chor und Band wiederholen jetzt eine bestimmte Passage aus einem Song, und ich komme langsam an. Ich komme zu mir. Diese Kirche ist ein guter Ort. Heute ist sie besonders beleuchtet, der Chorraum durch Strahler in Blau und Rot getaucht. Ich denke an dich, ich denke an Lukas, an seine Frau, die Kinder. Im Hintergrund höre ich, wie der Chorleiter eine Ansage macht. Dann zählt der Drummer den nächsten Song ein. Und plötzlich geht es richtig ab: ein swingender, groovender Gospel. Die Sängerin singt etwas von dunklen Wegen und dass wir nach und nach besser verstehen werden. Im Refrain immer wieder diese eine Zeile: „and we'll understand it better by and by". Kennen die mich? Wissen sie etwa, warum ich hier bin? Der Chor wippt und tanzt, alle klatschen und rufen, und ich möchte, dass dieser Refrain immer weiter in mich eindringt. In meinen Kopf, der nicht versteht, in mein Herz, das trauert, in meine Arme und Beine, die am liebsten tanzen wollen, aber noch so schwer sind: „Wir verstehen es besser nach und nach." Ich wippe leicht mit in meiner Kirchenbank, auch die Strophen werden jetzt wiederholt.

Ich schnappe noch mehr auf: „And we may not understand / all the ways that God would lead us / … but he'll guide us with his eyes / and we'll follow 'til we die / and we'll understand it better by and by".

Und ich denke ja in dem Moment, du sitzt gleichzeitig in diesem Strandcafé auf Norderney. Der Chor singt und singt, sie steigern den Refrain immer weiter, und in Gedanken habe ich dich am Ende an beiden Händen genommen, und wir sind durchs Café getanzt. Das ist doch irre, oder?

Ich platze in eine Chorprobe nachmittags um vier, der Türsteher lässt mich ausnahmsweise rein, und dann singen sie von dem, was in mir vorgeht, in uns beiden vielleicht. Rockig und trotzig hat sich das angehört: Nein, wir verstehen wirklich nicht, was Gott sich wohl dabei gedacht hat, Lukas jetzt zu sich zu holen, mit 55 Jahren, die Kinder 19, 17 und 14. Sie hätten ihn noch gebraucht, verdammt. We don't understand! Aber dann hatte es auch schon etwas Tröstendes, ein wenig jedenfalls. „Er wird uns mit seinen Augen leiten" – als sie das gesungen haben, musste ich unwillkürlich aufschauen zum Chor. Meine traurigen Augen wollten irgendeinen Blick erhaschen, irgendein Gegenüber, jemanden, der mir in die Augen sieht und sagt: Komm, das Leben wird wieder gut. „He'll guide us with his eyes". Schöne Vorstellung eigentlich. Dass dich jemand tröstend ansieht, wenn es schwer ist. Was meinst du?

Tim, bist du noch da? Was ist los?

Ich weiß nicht. Das geht mir zu schnell.

Was?

Das mit dem Trost. Ich bin noch in der Trotzphase. We don't understand! Was soll das? Da ist nichts zu verstehen. Da gibt es keinen Sinn. Nicht jetzt und auch nicht nach und nach. Basta, Schluss, aus. Ende Gelände. Viele Fragen, keine Antworten.

Tim?

Was?

Wann hast du mir das letzte Mal in die Augen gesehen? Ich meine so richtig. Tief. Verstehend. Verbunden. Immer länger. Richtig in die Augen.

Tim?

Ja. Ich weiß, wie wir uns manchmal in die Augen sehen. Das tut jetzt sehr gut. Ich danke dir. Du darfst mich gerne mit deinen Augen leiten. Jederzeit. Aber so richtig fertig bin ich noch nicht mit der Frage. Ein Scheißspiel, dieses Trauerspiel.

Okay. Verstehe. Mir fällt noch was ein. Darf ich?

Nee, lass mal. Ich bin jetzt ziemlich müde. Morgen vielleicht.

Na gut. Es war auch viel. Ich schau dir in die Augen. Und dann schlaf schön!

Danke. Du auch!

19. Juni, 14:10 Uhr

Hey Tim, bist du da? Bist du noch mal bereit?

Ich weiß nicht. Wir können es ja probieren.

Okay. Kleines Versöhnungsangebot. Für den trotzigen Tim, der keine tröstenden Sprüche mag. Neulich hab ich so ein paar YouTube-

Videos geguckt. Hat mir eine Freundin empfohlen. Die macht da in der Kulturkirche irgendwas mit. Organisiert Veranstaltungen und so. Egal. Jedenfalls hat sie mir diese US-amerikanische YouTuberin empfohlen. Eine Pfarrerin. Aber was für eine: kurze Haare, schwarzes Shirt, ganz viel Silberschmuck und die Arme von oben bis unten tätowiert. Die macht so kleine Glaubens-Erklär-Videos. Zweieinhalb Minuten – und du denkst: What the fuck? Hat sie das wirklich gesagt? Musst du dir unbedingt mal angucken.

Jedenfalls, ein Video von ihr passt ziemlich gut zu dem, worüber wir gestern gesprochen haben.[3] Denn sie gibt dir Recht. Sie steigt ein mit diesen Sprüchen. Was man so sagt, wenn man eigentlich nicht weiß, was man sagen soll. Im Krankenhaus, auf dem Friedhof. Wenn jemand einen lieben Menschen verloren hat. Ich stehe ja manchmal auf Beerdigungen noch in Hörweite zu den Angehörigen. Ich warte immer bis zum Schluss, bis ich mich verabschiede. Viele Leute geben einfach schweigend die Hand. Oder murmeln „Mein Beileid". Aber manche sagen dann tatsächlich noch so was wie: „Wer weiß, was Gott für einen Plan hat." Oder: „Wenn Gott eine Tür schließt, öffnet er eine andere."

Jaaaa! Genau! Wie bescheuert ist das denn? Genau das meine ich. Ich schaue dir gerne in die Augen, verstehe mich nicht falsch. Du kannst mich trösten, einfach weil du da bist. Sophie kann das, ein paar andere können das. Aber was soll dieses Gospel-Gesülze? Gottes Plan … und eines Tages werden wir verstehen … Ich sag mal so: Selbst wenn Gott persönlich die Himmelsleiter herabsteigt und mir zehn Gründe nennt, warum er Lukas jetzt schon zu sich holen musste, ich werde nicht einen einzigen Grund akzeptieren. Nicht einen! Was stellen sich die Leute eigentlich vor? Würde irgendjemand sagen: „Ach so, Gott, verstehe! Wenn das so ist! Na dann …"

Gott öffnet eine andere Tür? Hätte das damals jemand zu mir gesagt am Grab, ich hätte ihn mit einem Tritt direkt zu dieser Tür hinausbefördert.

Ja, das sagt sie auch, die tätowierte Pastorin. Solche Postkartensprüche kann niemand gebrauchen, der gerade trauert.

Ich kann mich ja auch noch gut erinnern, wie ich mich auf dem Friedhof gefühlt habe damals an Papas Grab. Auch wenn das jetzt zwölf Jahre her ist. Du bist einfach traurig, verzweifelt, am Boden. So ungefähr wie die Jünger drei Tage, nachdem ihr Freund hingerichtet wurde. Meint jedenfalls die YouTube-Pastorin. Damit vergleicht sie es. Die Jünger sind völlig durcheinander und haben Angst, wie es wohl weitergeht. Und dann erscheint Jesus seinen Freunden. Die sind gerade am Ufer eines Sees. Und was macht Jesus? Also der auferstandene Jesus oder eine Erscheinung von ihm oder was auch immer. Er belehrt sie nicht, er versucht sie nicht von irgendetwas zu überzeugen. Er zitiert auch nicht seinen Lieblingstrostsatz aus den Psalmen. Nichts von alledem. Er sagt: „Seht meine Wunden, ich bin hier, habt keine Angst."

Hm. Okay. Das klingt schon mal ganz gut. Wie ich dich kenne, ist das aber noch nicht alles. Gibt's noch eine Pointe?

Ja, warte, das Beste kommt noch. Seine engsten Freundinnen und Freunde, so muss man sich das ja wohl vorstellen, die sind jetzt natürlich zusätzlich durcheinander. Also stellt er ihnen die alles entscheidende Frage. Das Wichtigste, was man in dieser Lage überhaupt fragen kann.

Na, hast du irgendeine Vermutung? Einen Tipp?

Keine Ahnung. Bin ich Jesus? Spann mich nicht auf die Folter!

Er fragt: „Habt ihr was zu essen?"

Habt ihr was zu essen???

Ja. „Seht meine Wunden, ich bin hier, habt keine Angst. – Habt ihr was zu essen?"

Sonst nichts?

Sonst nichts.

Und dann wird am Strand gegrillt, oder was?

Ja, genau das. Es gibt Brot und gegrillten Fisch. Und lange Gespräche wahrscheinlich. Wenn du also Gott vermisst in deiner Verzweiflung … schau mal in der Küche nach!

Sarah, das ist wirklich gut. Schick mir mal den Link, ja? Denn es stimmt ja: Das Einzige, was du wirklich tun kannst, wenn jemand trauert, ist da sein. Aushalten. Was zu essen machen. Oder einen Kräutertee. Zuhören und vielleicht die eigenen Wunden zeigen, wenn es passt.

Ich muss an diese Nacht im März denken. Schüttelfrost, Fieber, Schweißausbrüche und stundenlang ein Puls von 120. Ich war völlig durcheinander am nächsten Morgen. Da ging nichts mehr. Sophie hat mir einen Tee gemacht, und als du dich gemeldet hast, ist sie noch mal vom Sofa aufgestanden und in die Küche gegangen, um etwas Kleines zu essen zu machen. Ich habe dir alles geschrieben. Und du hast nicht viel mehr gemacht, als dich einfach virtuell dazuzusetzen, rechts neben mich. Keine Fragen, kein Das-wird-schon-wieder, nichts dergleichen. Das hat mir sehr gutgetan.

Ich würde den lieben Gospelsongschreiber also gerne korrigieren: Ob es Gottes Plan war, dass Lukas mitten im Leben gestorben ist, dass du deinen lieben Vater viel zu früh verloren hast, ob es Gottes Idee war, dass du diesen Schlaganfall-Schock durchleben musstest, und ich mich jetzt von einer Therapie zur nächsten hangele, das wissen wir nicht. Ich würde es sogar glatt bestreiten. Gott plant nicht. Dinge geschehen. Die Frage kann doch nur sein, wie wir darauf antworten. Wie wir damit leben. Ob es uns irgendwohin führt. Ob wir es „besser verstehen" mit der Zeit. Das kann sein. Ersetze „Gottes Plan" durch „das Leben", dann bin ich dabei. Wir verstehen das Leben besser nach und nach. Und wenn es schwer wird, habe ich gerne jemanden bei mir, der mir in die Augen sieht, mich bei der Hand nimmt und vielleicht nur sagt: Lass uns was essen!

Ja. Das ist auch bei mir so: Manches macht für mich bis heute keinen Sinn, aber es macht mich nachdenklich. Es führt mich weiter. Das ist schon viel, oder? Den Rest, was offen bleibt, was immer wieder mal wehtut, das müssen wir aushalten. Aber wir sind dabei nicht allein.

Komisch, jetzt muss ich an Pfannkuchen denken.

Pfannkuchen?

Ja. Sorry, das liegt an meiner alten Freundin Sonja, mit der ich doch im April ein paar Tage in Südfrankreich war.

Als ich damals nach Papas Tod wieder in meine Wohnung kam und noch gar nicht wusste, was ich denn nun anstellen soll allein zu Hause mit so einem ganzen Tag, der da vor mir liegt, und mit dem nächsten Tag und mit dem danach … Da hat Sonja sich gemeldet und sich quasi bei mir eingeladen. Bei uns. Pia war gerade drei Jahre alt. Sonja ist so eine Mollige, Herzliche, Fröhliche, weißt du. Aber sensibel. Nicht aufdringlich. Sie kann sich auch zurücknehmen und sehr gut auf dich einstellen. Ich war einverstanden. Ich habe einfach Ja gesagt.

Es war vielleicht der dritte Tag, nachdem ich wieder zurück in Hamburg war. Da haben wir dann die ganze Küche in ein Pfannkuchen-Schlachtfeld verwandelt. Mehlstaub, Teigspritzer, irgendwelche Zutaten, die offen herumstanden. Mal gab es einen mit Speck, dann einen mit Spinat und Schafskäse, am Ende einen süßen mit Äpfeln und Puderzucker. Und dabei haben wir gequatscht. Das war großartig. Dann fiel ich wieder in eine große Stille und Müdigkeit. Und Sonja hat gefragt, ob sie noch bleiben soll. Ich war einverstanden. Ich glaube, sie ist am Ende vier, fünf Tage geblieben und hat sich das einfach gegeben. Hat mich einfach ausgehalten in der Zeit. Wenn ich nachts aufgestanden und zum Kühlschrank getigert bin, wenn ich dann vor dem Küchenfenster saß und in den Regen guckte, dann kam sie und fragte, ob alles okay ist. Wenn ich tagsüber plötzlich wieder eingeschlafen bin, brachte sie eine Decke. Und zog mit Pia auf den Spielplatz. Wenn ich einfach noch mal heulen wollte, hat sie mich ganz fest gehalten. Einmal wollte ich unbedingt tanzen gehen. Auch das haben wir gemacht. Sie war einfach da.

Hach, das hört sich gut an. Ich glaube, mehr kann man auch erst mal nicht machen, oder? Den Schmerz und die Trauer kann dir ja niemand abnehmen in dem Moment. Da musst du durch. Aber da sein und es mit aushalten, das geht. Pfannkuchen machen, Kaffee kochen, tanzen gehen. Wunderbar.

Ich kann mich noch erinnern, dass ich nach Lukas' Tod noch oft irgendwie neben mir stand. Da erzählten mir Leute, wie sie die Talkshow am Sonntag fanden oder was sie jetzt gerade im Job machen, und ich merkte nur, wie mich das überhaupt nicht interessierte. Das klingt hart, aber so war es. Ich dachte nur: Das Thema interessiert mich nicht, DU interessierst mich nicht! Was mache ich hier? Dann habe ich irgendwie dabeigestanden oder danebengehockt, und alles rauschte an mir vorbei. Zu mehr als einem „Sorry, ich muss jetzt gehen" konnte ich mich meist nicht aufraffen. Es kam mir alles so hohl vor. Dann dachte ich: Das soll das Leben sein? Na, dann macht mal schön weiter. Aber ohne mich. Manchmal war ich richtig wütend: Was ist das für eine Frechheit von der Welt, dass sie sich einfach weiterdreht, als wäre nichts geschehen! Leute stehen auf, lesen Zeitung, fahren zur Arbeit, als ob es keine Rolle spielt, dass Lukas nicht mehr da ist. Wie kann das sein? Meine Mutter konnte sogar in diesem Jahr kein Buch mehr lesen. Schon das war ihr zu anstrengend, zu viel, zu fremd.

Darf ich dich was fragen? Wann wird das anders? Wird es irgendwann wieder gut? Anders, aber gut? Würdest du sagen, das heilt mit der Zeit?

Puh. Schwere Frage. Ja und nein. 12 Jahre ist das her mit meinem Vater. Und natürlich haben damals irgendwann Leute gesagt: „Das Leben geht weiter, das wird schon wieder." „Du wirst merken, die Zeit heilt die Wunden." Das ist ja gut gemeint. Aber es passt nicht. Klar, mit der Zeit verheilt da etwas. Aber es bleibt ja eine Narbe. Und manchmal stößt du daran, und dann tut sie noch mal weh.

Ich sag mal so: Natürlich gibt es heute Bereiche in meinem Leben, die gut sind. Die gab es damals auch. Aber dieses eine, dieser Verlust, der geht ja nicht weg. Mit diesem Verlust muss ich leben.

By the way: Den härtesten Dialog hatte ich mal beim Sender. Wir hatten ein Feature produziert, ich musste mich immer wieder sehr konzentrieren. Nach vier Stunden machten wir eine Pause. Auf dem Flur traf ich einen Redakteur. Er sagte: „Mensch, Sarah, ich hab das von Ihrem Vater gehört. Das tut mir leid. Aber ich sage immer: Niemand ist wirklich tot. Unsere Lieben leben in der Erinnerung." „Doch, mein Vater schon. Der ist wirklich tot", hab ich gesagt, „Sie hätten ihn mal sehen sollen, wie er da lag auf dem Boden im Wohnzimmer neben dem Sofa." Das hab ich ihm einfach so vor den Latz geknallt. Er hat irgendeine Entschuldigung in sich hinein gemurmelt und ist schnell weitergegangen.

Ich versuche, mich daran zu gewöhnen, dass ich mich nicht daran gewöhnen kann. Das ist das Ziel. Der Verlust ist jetzt irgendwie ein Teil von mir. Anders gibt es mich nicht. Es wird nie wieder wie vorher, und damit muss die Welt leben. Leben heißt dann vielleicht wachsen und die Narben mitnehmen.

Hm, sich daran gewöhnen, dass man sich nicht daran gewöhnen kann. Das bringt es für mich ziemlich gut auf den Punkt. Die Trauer irgendwie mitnehmen in das Leben, das weitergeht. Ein bescheidenes Ziel. Aber schwer genug, finde ich.

Bei mir gibt es Wochen, da trauere ich gar nicht mehr so richtig, da spielt es kaum eine Rolle, dass Lukas nicht mehr da ist. Dann stehen einfach andere Sachen im Vordergrund. Die eigene Müdigkeit von der Therapie, ein Auftritt mit der Band, vielleicht eine Sendung, die ich trotz Krankheit produzieren kann, ganz einfach, weil es mir gerade für eine oder zwei Wochen gut genug geht. Und dann falle ich plötzlich wieder in ein Loch. Dann ist die Trauer wieder da. Vielleicht, weil ich mit meiner Mutter telefoniert habe, oder einfach so, weil mein Blick auf sein Bild fällt an der Familien-Fotowand. Dann fehlt mir sogar die Auseinandersetzung mit der Trauer. Dann denke ich über mich selbst: Wie kannst du einfach so weiterleben? Wieso hast du jetzt vier Wochen lang nicht an Lukas gedacht? Das kann doch nicht sein! Dann mache ich mir Vorwürfe und frage mich, ob das so richtig ist. Was es überhaupt bedeutet. Deshalb wollte ich nach Norderney. Um mich noch einmal damit zu konfrontieren. Es sind Wellen. Es kommt und geht. Und ich habe einfach noch mal die Welle gesucht.

Ich kann nur sagen, dass die Abstände zwischen den Wellen größer werden mit der Zeit. Aber sie ebben nie ganz ab.

Wie oft gehst du eigentlich zum Friedhof inzwischen? Regelmäßig? Oder immer, wenn dir danach ist?

Sporadisch. Tatsächlich immer, wenn mir danach ist. Manchmal gehe ich nur so vorbei, aus einer Laune heraus. Weil ich es möchte. Dann sage ich nur mal „Hallo“, schaue nach dem Rechten und bleibe gar nicht lange. Es tut mir gut in dem Moment. Und manchmal gehe ich sehr bewusst hin, weil mich irgendetwas beschäftigt. Vielleicht weil etwas zu entscheiden ist. Ein Auftrag oder irgendein Problem mit Pia. Was auch immer. Dann bin ich da und denke so vor mich hin. Es bleibt ja eine Verbindung. Manchmal berate ich mich dann mit meinem lieben Vater. Es gibt da ein kleines Bänkchen direkt neben seinem Grab. Neulich habe ich sogar mal eine Weile über uns beide nachgedacht mit ihm. Also gut, ich weiß schon, dass ich mich am Ende mit mir selbst berate. Aber seine Stimme ist dann eben eine Stimme in mir. Und ich spüre, dass er da ist.

Wow. Das ist schön. Vielleicht komme ich da auch irgendwann hin. Nun muss ich ja vier Stunden fahren, bis ich bei Lukas' Familie bin. Ich war erst drei- oder viermal wieder da seit der Beerdigung. Wenn ich dann zum Friedhof gehe, erschrecke ich immer noch, dass da auf dem Grabstein sein Name steht. Selbst daran habe ich mich noch nicht gewöhnt.

Tim?

Ja?

Ich kann nicht mehr.

Na gut. Ist okay. Ich bin auch ziemlich platt. Ein letztes Spiel?

Was meinst du?

Ein kleines Fazit. Noch mal kurz hin und her. Du darfst nicht mehr als drei Wörter benutzen. Okay? Ich fange an: Dinge geschehen.

Und Gott tröstet.

Durch deine Augen.

Stellvertretend.

Oder durch Pfannkuchen.

Jederzeit.
Umarmung?

Umarmung!

PS. Was gibt's denn zu essen bei euch?

Ich weiß noch nicht. Wie geht denn so ein Pfannkuchen mit Schafskäse und Spinat?

Na ja, wie der Name schon sagt. Spinat grob gehackt. Salz, Knoblauch. Schafskäsewürfel dazu. Und dann klappt man den Pfannkuchen zusammen wie eine Pizza Calzone. Wenn du willst, kannst du dann noch geriebenen Käse drüberstreuen und das Ganze ein paar Minuten in den Ofen schieben.

Das klingt sehr lecker. Danke! Jetzt aber endgültig: Ich drücke dich aus der Ferne!
Tim

Ich dich auch
Sarah

25. Juni, 14:27 Uhr

Hey Sarah, weißt du was? Ich kann jetzt bald Sätze sagen wie aus einem alten Woody-Allen-Film: „Also meine Therapeutin sagt, …" Heute war es wirklich interessant. Manchmal spült einem der Tag ja genau das richtige Thema für die Sitzung nach oben. Ich bekam eine Postkarte. Und die hat mich völlig umgehauen. Da falle ich mitten am Vormittag in den Sessel und breche in Tränen aus. Ist das normal? Aber der Reihe nach: Ausnahmsweise hatte ich gut geschlafen. Bin sogar am Abend mit Sophie zusammen hochgegangen, hab noch ein bisschen gelesen und bestimmt schon vor elf Uhr das Licht ausgemacht. Und bin eingeschlafen! Das gab's echt lange nicht mehr. Am Morgen bin ich um halb acht aufgestanden. Sophies Wecker klingelte, und ich habe mir auch einen Ruck gegeben. Das ist ja der Rat meiner Ärztin: aufstehen! Morgens! Zu einer normalen Zeit! Tagsüber höchstens einen kurzen Mittagsschlaf. Damit ich in einen normalen Tag-Nacht-Rhythmus hineinkomme.

Also den hatte ich heute. Aber ich war morgens müde. Dämmerte so durch den Vormittag. Hatte mir Sachen vorgenommen, zu denen ich mich dann doch nicht aufraffen konnte. Stattdessen Ablenkungen: Facebook, E-Mails, mal das Radio-Feature der Kollegin von gestern Abend hören. Dummerweise ging es darin um Kinder und Jugendliche in einer Klinik, die alle eine schwere Erkrankung durchgemacht oder einen schweren Verlust erlebt haben. Sie machen zusammen Musik und schreiben eigene Songs. Großartig. Eigentlich. Aber so wurden eben auch schon meine eigenen Themen berührt.

Dann habe ich mich doch aufgerafft zu einem echten Punkt auf meiner To-do-Liste. Ich wollte raus an die frische Luft und endlich mal wieder den Rasen mähen. Frische Luft und Bewegung ist ja gut für mich. Dann sah ich, dass die Post schon da war. Ich machte den Briefkasten auf und fand unter anderem eine dicke Postkarte in einem Umschlag ohne Absender. Die Adresse schwungvoll mit einem fetten Filzschreiber geschrieben, sie füllte fast die ganze Fläche aus. Ich dachte, das ist mal wieder ein netter Gruß aus dem Büro. Das machen die lieben Kollegen ja manchmal. Ich öffnete also den Umschlag, zog die Karte heraus und sah, dass mir mein Verlag schreibt. „Lieber Tim, wir wünschen dir von Herzen, dass du immer weiter gesund wirst. Mach weiter so und bleib uns lange, lange erhalten! Dein Team.“ Links daneben haben dann alle unterschrieben. Die Programmchefin, die Lektorin, die Marketingfrau und noch drei Namen, die ich gar nicht kenne. Und ich war mal wieder völlig geflasht. Ich hatte schon die festen Schuhe für draußen an, aber jetzt ließ ich mich in den Sessel in meinem Arbeitszimmer fallen, und mir kamen die Tränen.

Es ist, als fehlte mir eine Haut, die mich schützt. Die Gefühle dringen gleich durch bis auf die Knochen. Wenn ich jetzt darüber schreibe, wundere ich mich. Aber so war es. Diese kleine Karte hat mich total berührt. Ja, ich möchte so sehr noch „lange, lange erhalten bleiben“! Aber wer weiß denn schon, was für ein Haltbarkeitsdatum ich wirklich habe? Ob das gerade abläuft oder ob ich noch Verlängerung kriege. Eine „lange, lange“ Verlängerung. Und ich möchte auch weiter irgendwo dazugehören. Zu einem Team. Mit einer Aufgabe. Das ist ein gutes Gefühl.

Nach ein paar Minuten hatte ich mich wieder gefangen und ging raus. Ich holte also den Rasenmäher aus der Garage, zog die Arbeitshandschuhe über und legte los. Die frische Luft tat so gut. Es roch nach Sommer. Endlich etwas Bewegung. Jedes Mal denke ich, auf dem Weg zur Garage trete ich das Gras zu sehr runter. Das richtet sich gar nicht mehr auf, bis ich mit dem Rasenmäher vorbeikomme. Seltsamer Gedanke. Egal. Ich legte los und zog meine Bahnen. Bald war die Hälfte geschafft, ich musste den Korb mit dem Gras ausleeren. Auf dem Rückweg nahm ich den Rechen mit. Denn am Rand, an der Kirschlorbeerhecke, sammeln sich immer Blätter, das ganze Jahr über. Ich schaute sie mir an, bevor ich sie zusammenkehrte. Manche noch grün, andere gelb, einige schon ganz braun. Die meisten mit irgendwelchen Macken. Eins hatte einen Riss, eins rollte sich an der Seite schon zusammen, ein anderes war schon ganz löchrig. Keins war wie das andere. Vielleicht ein Bild für das Leben? Manche stehen noch voll im Saft, andere werden älter und können schon nicht mehr so wie früher. Das Leben hinterlässt Spuren. Es gibt Verletzungen.

Manche rollen sich zusammen, um sich zu schützen, andere haben die ersten Narben und zeigen sie auch.

Du merkst, ich kam erst mal auf andere Gedanken. Und das war gut. – Dann startete ich mit dem Rasenmäher zur zweiten Runde. Bald hatte ich es geschafft. Jetzt spürte ich auch die Anstrengung. Nur noch alles in die großen Grünabfall-Behälter schaufeln – fertig.

Ich war vielleicht eine Dreiviertelstunde draußen. Aber dieser Abstand war gut. Als ich wieder reinkam, holte ich mir die Grußkarte noch einmal hervor. Jetzt wirkte sie anders. Eine freundliche, höfliche Grußkarte. Lieb gemeint. Rührend auf eine Weise, aber nicht mehr so berührend. Dein Team? Das ist ja ein bisschen geflunkert. Dass ich gelegentlich ein Buch schreibe, ist ja eher eine Art Hobby. Drei von denen, die unterschrieben haben, kenne ich gar nicht, die Programmchefin habe ich erst einmal getroffen. Nur Andrea, die mich für mein erstes Buch gewonnen hat, kenne ich etwas besser. Plötzlich kann ich dieselbe Karte lesen und mich einfach daran freuen.

Meine Therapeutin sagt, das sei doch super gelaufen. Haha, das fand ich erst mal gar nicht. Was ist, wenn ich plötzlich im Büro, beim Sender, in meinem Hauptjob, fünf Minuten vor einer Besprechung von irgend so etwas erwischt werde? Ein Anruf, ein Bild, eine Nachricht. Soll ich dann sagen: „Sorry, ich habe gerade eine E-Mail bekommen, ich muss erst mal heulen, dauert nur ein paar Minuten"?

Die therapeutische These: Im Büro passiert das nicht. Warum? Weil ich mich da nicht so fallen lassen kann. Weil der geschützte Raum, den ich heute zu Hause hatte, dort gar nicht gegeben ist. Das kann natürlich sein. Aber will ich mich darauf verlassen? Was, wenn mich Windstärke eins mal wieder umwirft? Dann, sagt meine Therapeutin, kann ich das, was ich heute erlebt habe, ganz bewusst inszenieren: mal eben raus an die frische Luft oder auf die Toilette ans Waschbecken, mit vollen Händen kaltes Wasser ins Gesicht, vielleicht einen scharfen Pfefferminz auf die Zunge legen, dem Körper also ganz andere Reize geben. So wie heute draußen, als die Luft so frisch war und nach Sommer roch. Dann treten die Gefühle zurück, und der Kopf wird klar. Ich kann mich jedes Mal an diesen Morgen heute im Garten erinnern. Ist doch gut, oder?

Ist sie Verhaltenstherapeutin?

Ja, wieso?

Habe ich mir gedacht.

Was dagegen?

Nö. Ist ein Anfang. Und sie hat ja recht. Die Strategie ist gut. Kurzfristig löst sie das Problem. Windstärke eins und du stehst wieder auf. Das ist doch schon mal was.

…

Weiß du was, Tim? Das ist schön, was du schreibst. Ich mag das sehr. Wie aufmerksam du bist. Du riechst den Sommer. Du siehst die Blätter. Du erlebst alles so bewusst. Das ist wunderbar. Mensch, du lebst!!! Ich drücke und küsse dich dafür.

Hilfe, da ist sie wieder! Windstärke eins! Jetzt haust du mich mal eben kurz um. Ich war doch früher nicht so empfindlich. Liebe, Trauer, Angst, Freundschaft, alles geht mir so nah.

Ist doch okay. Ist sogar ganz schön, finde ich. Empfindlich? Du bist empfindsam. Und das finde ich wunderbar. Es tut gut, das zu lesen. Du hast sonst immer so souverän und reflektiert gewirkt. So wie du mir hier schreibst, finde ich das viel stimmiger. Das gefällt mir. Was ist eigentlich aus dem Gras geworden, das du niedergetreten hast?

Was meinst du?

Na ja, das hast du doch geschrieben. Wie du manchmal über das Gras nachdenkst auf dem Weg zur Garage. Ob es sich wieder aufrichtet. Ein kleiner, seltsamer Nebengedanke, mag sein. Aber genau das macht es ja, oder? Es wird runtergetreten, und es richtet sich wieder auf. Ein bisschen wie du. Diese Krankheit setzt dir zu. Sie drückt dich runter. Du bist oft müde. Manchmal völlig platt. Diese eine Nacht im März hast du kaum geschafft. Und doch bist du stark. Du richtest dich wieder auf. Du gehst zur nächsten Therapie, du machst wieder einen Spaziergang, du hängst dir sogar die Bassgitarre um und gehst auf die Bühne. Jedes Mal aufs Neue.

Schöner Gedanke. Aufstehen. Stark sein wie die Grashalme. Ich muss an den Frühling denken, wenn ich das erste Mal den Rasenmäher unter dem Vordach hervorhole. Wie das Gras frech und unfrisiert seinen Kopf nach oben streckt, so trotzig und kraftvoll. Dass es überhaupt da ist, dass es wieder mitspielt da draußen, das ist doch jedes Mal ein Wunder.

Und ich erkenne etwas wieder bei dieser Empfindsamkeit. Oder sagen wir Präsenz. Wie du zum Beispiel die Blätter wahrgenommen hast. Als ich damals nach dem Schlaganfall aus der Reha zurückkam, bin ich so merkwürdig tastend durch die Welt gegangen. Und gleichzeitig hellwach. Plötzlich war alles total intensiv! Die süße Erdbeermarmelade auf dem Croissant, die kühle Butter dazwischen. Der Orangesaft mit dem Fruchtfleisch, das den Gaumen kitzelt.

Es war manchmal so wie als Kind, als ob ich alles zum ersten Mal erlebe und nur noch staune und genieße. Auch die Gerüche: die Kräuter auf dem Balkon, der geräucherte Fisch auf dem Markt am Hafen, Pias leicht verschwitzter Körper, wenn sie vom Laufen zurückkommt und ich sie kurz drücke. Die Töne: die quietschenden Saiten, wenn sie Bratsche übt, eine Fahrradklingel auf der Straße bei geöffnetem Fenster, das Lachen am Nachbartisch im Café. Alles total intensiv. Sogar das Haptische: ein Kleid anziehen, einen Brief öffnen, eine Apfelsine schälen. Plötzlich habe ich jeden Moment genossen. Alles hat mich total glücklich gemacht.

Ja! Genau! Die unbändige Freude am Leben, an all diesen kleinen Dingen, von denen keines selbstverständlich ist. Und dann sehe ich all die anderen, die sich vormachen, sie hätten alle Zeit der Welt. Schon wird alles alltäglich. Als kämen da sowieso noch ganz viele Tage mit Erdbeermarmelade, Lachen und Schweißgeruch. Schon ist es weg, dieses Gespür für den Moment, das Leben, das Glück.

Hast du auch manchmal noch dieses „Man-müsste-mal-wieder-Gefühl"?

Was meinst du? Man müsste mal wieder ein Croissant mit frischer Erdbeermarmelade essen, obwohl gar nicht Sonntag ist?

Ja, so was in der Art. Kleine „Das-Leben-ist-jetzt-Glücksmomente".

Lass mich überlegen. Ich möchte mal wieder tanzen gehen. Das steht ganz oben auf der Liste. Am liebsten mit derselben Ausdauer wie vor 30 Jahren.

Oder mal wieder Quatsch machen. Laut lachen und rumalbern mit einer Pulle Sekt um Mitternacht am Elbufer.

Mit dem Schlafsack am Meer übernachten.

Sich Geschichten erzählen, als wären sie neu.

Nach den Sternen greifen.

Auf die Folgen pfeifen.

Ein Picknick machen mit Blick ins Tal.

Sich eine Wiese runterkullern lassen, bis einem schwindelig wird.

Nachts um zwei noch mal Spaghetti kochen, weil die Welt noch nicht gerettet ist und die Lösung so nah.

In Südfrankreich, du weißt schon wo, von der Brücke in den Fluss springen.

Nach Hause fahren, in die alte Grundschule einbrechen und im Treppenhaus das Geländer runterrutschen.

YES!

Morgens beim Aufwachen ein Flüstern auf dem Kissen finden, das mir sagt: Steh auf, wag etwas, nimm diesen Tag!

Einen Chat beenden, der mich mal wieder beseelt hat.

Meine alte Freundin umarmen aus der Ferne und fühlen, wie ihr langes Haar mich in der Nase kitzelt. Obwohl sie gerade 480 km weit weg ist.

Jawohl! Gute Nacht!

Gute Nacht!

29. Juni, 18:27 Uhr

Guten Abend, liebe Sarah! Geht's dir gut? Ich hoffe es. Die letzte Therapie habe ich ganz gut vertragen, und wir machen jetzt tatsächlich Pläne für den Sommer. In einem Monat, eine Woche nach der nächsten Therapie, wollen wir nach Öland fahren. Ab dem 3. August. Das ist der Plan. Ich freue mich riesig darauf. Mal rauskommen aus dem Krankheitstrott. Und jetzt ist die spannende Frage, ob du tatsächlich mitkommen willst. Alleine, mit Pia, mit deiner Mutter … wie auch immer. Feel free! Oder ihr kommt für eine Zeit dazu. Was meinst du?

Hallo, mein Lieber! Das sind doch Aussichten. Also … ich werde das hier bei uns mal besprechen. Die Auftragslage gibt das jedenfalls her. Ich hätte auch Lust. Irgendwie bin ich gerade etwas entspannter als im Frühjahr, warum auch immer. Ich melde mich bald, ja?

Alles klar. Ich würde mich freuen!

1. Juli, 20:17 Uhr

Hey Tim! Überraschung gefällig?

Aber ja! Was gibt's denn?

Ich habe mich entschlossen. Pia und ich kommen euch besuchen auf Öland! Ab dem 10. August für eine Woche – oder sogar zehn Tage. Schauen wir mal. Ich bin total gespannt. Vor allem, wie es uns dann so zusammen ergeht. Richtig viel Zeit haben wir lange nicht mehr gemeinsam verbracht. Ob das belebt? Oder irritiert? Aber wie hast du es so schön gesagt: no risk, no fun.

Sarah, das ist großartig! Ich weiß gar nicht, was ich sagen soll. Ich freue mich einfach. Wir könnten ein paar Fotos nachstellen: auf der Terrasse, an der Westküste, am Hafen. Alles wie früher, bloß 40 Jahre später.

Ja, uns fällt bestimmt was ein, du Verrückter. Fährt da inzwischen ein Zug? Das war doch früher total kompliziert, oder?

Ja, das ist alles viel einfacher geworden. Hamburg–Kopenhagen–Kalmar. Da können wir euch abholen.

Das ist toll. Ich freue mich. Auf die Freundschaft!
Umarmung
Sarah

Ich freue mich auch. Das muss ich gleich Sophie und Lena erzählen.
Ich drücke dich
Tim

5. Juli, 10:21 Uhr

Hey Sarah, bist du da? Noch vier Wochen, noch eine Therapie… dann gehts los!

Guten Morgen, mein Lieber. Ja, hab gerade gefrühstückt.

Soll ich mal ganz ehrlich sein?

Immer.

Ich bin auch ein bisschen aufgeregt. Wir sind ja keine 15 mehr.

Und keine 25. Was soll ich sagen? Es ist schon toll, dass wir zwei uns wiedergefunden haben nach all den Jahren.

Oh ja, das ist wahr. Meine Erinnerung verschwimmt manchmal etwas. Vielleicht macht das auch die Chemo. Dann kommt es mir vor, als sei mein Gehirn in einer Art Dämmerzustand. Wann fing das eigentlich wieder an mit uns? Was war der Anlass? Ich sehe uns irgendwo in einer kleinen Runde draußen auf der Terrasse von einem Restaurant. Ein lauer Sommerabend, Lichterketten, Lampions, ein paar Kerzen auf den Tischen. Becci war da, Lukas auch, Sophie war dabei. Wer noch? Es wurde spät.

Ja, genau! Das war im „Pax". Die hatten gerade erst eröffnet. Ich gehe da heute noch gerne hin. Kaffee, Kuchen, Soulfood. Die Speisekarten in Plattencovern von Doppel-LPs. Das hat dir damals schon gefallen. Ich weiß es noch sehr gut: Ich hatte eine Regieassistenz am Theater, es war im Anschluss an eine Aufführung. Becci wollte mich besuchen und das Stück sehen, und dann hatten wir die Idee, ob ihr nicht dazukommen wollt, Lukas und du. Alle vier, ein Wiedersehen nach 25 Jahren. Das hatten wir vorher nie hinbekommen. Aber jetzt!

Stimmt, jetzt weiß ich's wieder! Ein ganzer Abend voller Melancholie. Ein ständiges „Weiß du noch, damals…" Und ein Abend voller Staunen. „Wie geht es dir?" „Was machst du inzwischen?" Wir hatten unglaublich viel aufzuholen. Wir wussten gar nicht, wo anfangen und wo aufhören. Und diese Vertrautheit war sofort wieder da. Fremd und faszinierend, weil so vieles neu war. Und zugleich vollkommen vertraut wie in Kindertagen.

Ich hab das emotional gar nicht auf die Reihe bekommen, auch später, wenn wir uns ab und zu wieder getroffen haben auf einen Kaffee. Da sitzt du vor mir, wir reden, wir lachen, und vieles, was du erzählst, ist neu und interessant und fasziniert mich. So als würde ich dich gerade erst kennenlernen. Als hätten wir ein Date. Und zugleich gibt es dieses wohlige, warme Gefühl von völliger Vertrautheit. Verstehst du, was ich meine? Normalerweise macht man sich das Fremde nach und nach vertraut. Du entscheidest Zug um Zug, wie weit du dich öffnest und was du riskieren willst. Aber zwischen uns ist diese Vertrautheit einfach schon da. Irgendwo ganz tief unten. Aufgehoben aus Kindertagen.

In meiner Erinnerung tauchen immer diese leicht vergilbten Farbfotos von früher auf, fast immer, wenn ich dir gegenübersitze. All die Gefühle, die dazugehören. Und gleichzeitig lerne ich eine Frau kennen, die erst langsam wieder zu einer Freundin wird. Alte Bilder und neue Bilder. Manchmal gar nicht so leicht, das auf die Reihe zu bekommen.

Ja, genauso ist es. Das geht mir ganz genauso. Ob man eine Freundschaft auch verpassen kann? Und dann ist es plötzlich zu spät? Ich überlege das manchmal, seit wir uns schreiben. Vielleicht ist es normal. Man wechselt die Stadt, fängt ein Studium an, ein paar Jahre später den ersten Job … nicht alle Freunde kann man mitnehmen. Und manchmal geht etwas verloren, oder?

Tatsächlich habe ich manche echte Freundschaft verpasst. Zum Beispiel Michael, meinen besten Freund in meiner Kindheit. Seine Eltern hatten einen Bauernhof. Im Herbst sind wir immer mit auf die große Streuobstwiese gegangen und haben unser erstes Taschengeld verdient. Wir durften um die Wette in die Bäume klettern und die Äpfel herunterschütteln. Es war erst ein Riesenspaß und dann eine ziemliche Plackerei. Die Äpfel auflesen und zur Saftpresse bringen gehörte nämlich auch dazu.

Der Schulbus fuhr morgens in die Kreisstadt und mittags zurück. Wir erkämpften uns fast immer dieselbe Sitzbank. Und nach dem Mittagessen und den Hausaufgaben haben wir uns sofort wieder getroffen. Er hatte ein Bonanza-Rad mit Gangschaltung. Ich erinnere mich an endlose Feldwege, auf denen man wie ein Wahnsinniger

Fahrrad fahren konnte. Da war ja sonst kein Mensch unterwegs. Manchmal waren wir draußen am Bach und haben einen Staudamm gebaut. Oder wir zogen uns auf den Boden der Scheune zurück.

Weißt du, es war eine echte Jungs-Freundschaft, wo man sich blind versteht, tausend Sachen zusammen ausheckt und sich alles erzählt. Aber dann bekam mein Vater diese neue Stelle. Wir zogen weg, als ich zwölf Jahre alt war. Hannover. Plötzlich eine Großstadt. Neue Wohnung, neue Schule, neue Wege, kein Michael. Erst haben wir uns geschrieben, aber das fanden wir schnell langweilig. Dann kamen wir auf die Idee, Kassetten zu besprechen. Ich hatte diesen kleinen Kassettenrekorder mit Mikrofon. Also habe ich alles Mögliche erzählt, bis eine halbe Stunde voll war, und dann die Kassette verschickt. Ein paar Tage später kam sie zurück. Dann konnte ich Michaels Stimme hören. Es war ein Versuch. Aber die Vertrautheit stellte sich nicht mehr ein. Und ich war nun mal 200 Kilometer weit weg. Das Leben hat uns auseinandergebracht.

Viele Jahre später, ich muss so Anfang 40 gewesen sein, wurde mein Vater noch mal eingeladen. Der Spielplatz, den er damals im Dorf gebaut hatte, war restauriert worden und feierte ein Jubiläum. Man hatte das gleich mit einem Bierfest verbunden. Wir sind tatsächlich zusammen hingefahren, nur wir zwei. Ich war total gespannt. Im Festgottesdienst wurde schon getuschelt: Ist das nicht …? Ja, wir waren da, nach so vielen Jahren. Das Dorf meiner Kindheit. Mein altes Zuhause. Vater kannte noch unglaublich viele Leute. Wir saßen an Biertischen, aßen Bratwurst und tranken irgendein Craftbeer aus der lokalen Brauerei. Es war eine tolle Stimmung. Plötzlich strahlte mich eine ältere Frau an: „Ich bin die Mutter von Michael. Das ist ja toll, dass ihr hier seid! Micha lebt jetzt in Stade und muss ausgerechnet heute arbeiten. So schade, dass er nicht hier ist. Das wär's doch gewesen. Wie lange ist das her?“ Ja, das wär's gewesen.

Aber wie wäre es denn gewesen, 30 Jahre später? Hätten wir irgendetwas miteinander anfangen können? Ich habe meine Karte dagelassen und mir auch Michaels Nummer notiert. Er hat nie angerufen. Ich auch nicht. Eine verpasste Freundschaft? Vielleicht. Oder hat einfach nur alles seine Zeit – und deshalb auch ein Ende?

Hey Tim, da habt ihr ja den Vorläufer von Sprachnachrichten erfunden! Das hättet ihr euch patentieren lassen sollen, Michael und du! Ihr müsst zwei coole Jungs gewesen sein. Ich glaube, ich kenne Michael sogar. Also ich kenne ihn nicht, aber ich habe ihn vor Augen. Das war doch so ein Lockenkopf, oder? Wir haben ihn ein paar Mal gesehen, glaube ich, wenn wir Mädels mal am Wochenende bei euch waren. Aber dann musste er natürlich gehen, denn ihr hattet ja hohen Besuch – von Becci und mir.

So schön, dass wir uns wiedergefunden haben! Wie gesagt, ich bin auch ein bisschen aufgeregt und frage mich, wie das wird, wenn ihr dann im Urlaub zu uns kommt. Manchmal ist es schon eine Gratwanderung, oder?

Was genau meinst du?

Hach, Mist. Warum habe ich das angefangen? Eigentlich traue ich mich nicht so richtig. Sarah, manchmal denke ich viel an dich. Meist nachmittags, wenn ich versonnen aus dem Fenster gucke, manchmal abends vor dem Schlafengehen. Die Tage sind lang, wenn man so krank in den Seilen hängt. Muss ich mir Sorgen machen?

Nun ja. Du denkst an mich. Ich bin beruhigt. Das ist doch schön. Machst du immer noch dieses Intervallfasten?

Lenk nicht ab!

Ich glaube, das wird ein längeres Thema, oder? Wollen wir uns irgendwann nach dem Aus-dem-Fenster-Gucken oder vor dem Schlafengehen auf ein Glas Wein treffen? Rein virtuell natürlich.

Ist, glaube ich, eine gute Idee. Nur in Klammern: Ja, das Intervallfasten tut mir gut. Ich nehme sogar langsam ab. Und ich könnte diese Bemühungen heute oder morgen Abend mit einer Flasche Wein komplett zunichte machen. Wirft mich ernährungstechnisch eine volle Woche zurück, bringt mich dir gefühlsmäßig aber viele Kilometer näher. Ich bin dafür!

Kilometer für Nähe? Das wirft Fragen auf, Tim. Was ist wohl die Einheit für gefühlte Nähe? Gibt's da auch eine Skala? Wenn dich der Arzt fragen kann, wie stark die Schmerzen sind auf einer Skala von eins bis zehn, dann müsste man doch auch sagen können, wie es um die gefühlte Nähe bestellt ist. Und dann ist, sagen wir mal, alles über acht und alles unter zwei behandlungsbedürftig.

Puh, Schwein gehabt. Ich hätte mir heute eine Sieben bis Acht gegeben. Unter uns: Ich kann ja jederzeit mogeln.

Was aber nur nötig ist, wenn du deinem Arzt nicht vertraust. Also unter uns wird nicht gemogelt, ja? Ich würde sagen, eine Sieben bis Acht ist … beobachtungsbedürftig. – Wann passt es heute Abend?

22:00 Uhr. Frühestens.

Okay. Ich bin da.

22:07 Uhr

Hey, Tim, mein Lieber, hast du schon eine Flasche ausgesucht?

…

Hallo? Jemand zu Hause?

Hallo Sarah, sorry, ich war eingeschlafen und bin gerade erst wieder zum Rechner getappt. Ehrlich gesagt bin ich plötzlich sehr müde. Ist ja manchmal so. Der Schlafrhythmus hat sich mal wieder verabschiedet vor ein paar Tagen. Ich glaube, wir müssen das verschieben. Tut mir sehr leid. Ich hatte mich darauf gefreut. Aber ich kann nicht mehr.

Okay. Schade. Aber ist ja nicht zu ändern. Ich guck mal eben, wann es bei mir wieder passt.

Und?

Hm, nicht so einfach. Die nächsten Abende gehen nicht so gut. Erst wieder am Donnerstag.

Na gut. Ich kann ja immer. Dann Donnerstag. Von mir aus schon irgendwann nach 20 Uhr. Halten wir fest!

Alles klar. Dann ruhe dich erst mal aus! Du hast alles Recht dazu. Du musst dich nicht entschuldigen. Schlaf gut! Umarmung!

Du auch! Umarmung!

11. Juli, 20:17 Uhr

So, mein Lieber, zweiter Anlauf! Geht's dir gut?

Ja, alles bestens.

Was gibt's denn Feines? Bist du vorbereitet?

Ich nehme eine Neuentdeckung. Einen Weißwein aus der Toskana. Hat mir ein Freund empfohlen. Rotwein vertrage ich nicht mehr so gut. Macht Herzrasen. Als hätte ich einen starken Kaffee getrunken. Die Weinhändlerin hat mir neulich etwas zugeflüstert, als würde sie eine Verschwörung aufdecken: „Geht mir auch so. Das ist das Alter." Ist übrigens gar nicht so leicht, einen guten Weißwein zu finden. Da muss ja etwas passieren in meinem Gaumen. Und bei vielen denke ich: Warum haben sie den mit Wasser verdünnt?

Aha! Der Herr hat es gern intensiv …

Jawohl! Gilt für vieles im Leben. Wie du weißt.

YES! So, ich würde sagen, der Aufschlag gehört dir. Ich habe zwar so eine Ahnung, aber was genau meintest du neulich mit „Gratwanderung"?

Moment! Erst müssen wir mal anstoßen. Was gibt's bei dir?

Ach so, ja, natürlich. Einen roten. Bardolino. Intensiv, aber nicht zu schwer. Auf uns! Bereit?

Bereit? Wird sich zeigen. Auf uns? Immer. Aber ich gehe lieber noch mal einen kleinen Schritt zurück. Vielleicht ist es auch ein Schritt mitten hinein ins Thema. Wird sich zeigen. Jedenfalls hatte ich neulich wieder eine dieser Begegnungen im Krankenhaus. Und das hat wieder so viel ausgesagt über unser Thema: Freundschaft.

Na gut. Aber nicht vergessen, dass wir zwei auch noch drankommen!

Nein, keine Sorge. Kein Ausweichmanöver. Aber es passt einfach so gut.

Jetzt bin ich neugierig.

Es war so: Ich komme morgens in die Klinik, und es dauert irgendwie alles länger als sonst. Dann kommt die Schwester rein und sagt, die Lieferung von der Apotheke sei noch nicht da. Das kommt ja immer alles punktgenau an dem Tag, an dem es gebraucht wird. Ich könne ruhig noch einen Kaffee trinken gehen. Also gut. Ich nehme den Lift runter ins Erdgeschoss, hole mir einen Cappuccino und irgendein Teilchen. Dann stehe ich da mit meinem Tablett und finde keinen Tisch mehr, der ganz frei ist. Ich sehe zu einer Frau herüber, und sie nickt mir zu. Ich darf mich zu ihr setzen. Monika ist ein sportlicher Typ. Kurze Locken, klare blaue Augen und ein Lachen, das mir sagt: Ich bin da, das Leben kann kommen! Man sieht es ihr wirklich nicht an. Dass ihr ein Viertel der Lunge fehlt. Dass die Finger immer noch taub sind und kribbeln von der Chemo. Dass ihre Knochen vom Krebs befallen waren. Oder immer noch sind? Ich habe es nicht genau verstanden.

Monika ist 44, ihr Sohn ist 16 und wechselt nach den Ferien aufs Gymnasium. Sie hat gesund gelebt. Ernährung, Joggen, Yoga, Tango, Malkurs, Lungenkrebs. Lungenkrebs? Das passt nicht in dieses Leben. Monika hat nie geraucht. Sie macht sich nichts aus Alkohol. Sie trifft sich mit ihren Freundinnen zum Walken. Sie geht ab und zu ins Theater. Sie arbeitet gern in ihrem Beruf. So jung und mit dieser Diagnose kommt sie in keiner Statistik vor. Und sie hat diese unbändige Zuversicht. Dieses Strahlen. Sorgen? „Ich kümmere mich um das Problem erst, wenn es da ist." Nie mehr arbeiten? „Ich mache so gerne schöne Sachen." Schlechte Prognosen? „Dass ich bald sterbe, kommt nicht infrage."

Schlank und sportlich sitzt sie vor mir in einem T-Shirt und dieser eng anliegenden Trainingshose. Mit einer Lunge, der ein Viertel fehlt. Mit Fingern, die teilweise taub sind. Und mit einer Energie, die einfach nur ansteckt. Wir kennen uns nicht. Aber sie erzählt mir alles, als seien wir seit Jahren befreundet.

Macht das auch diese Krankheit? Dass man plötzlich die Momente nutzt? Da sitzt einem jemand gegenüber, hat wahrscheinlich ein ähnliches Schicksal und könnte zuhören. Also reden wir. Über alles. Jetzt. Weil das Leben jetzt ist. Und weil das jetzt hier an diesem Tisch guttun könnte.

Bestimmt ist das so. Ihr habt den Moment genutzt, wart sofort auf einer Wellenlänge. Kann ich mir schon vorstellen in dem Setting. Dass einfach das Schicksal verbindet. Toll. Na ja, wie ich dich kenne, werdet ihr euch auch nicht ganz unsympathisch gewesen sein. Du hast Monika angesehen, und sie hat genickt.

Ja, kann alles sein. Aber hinterher war ich doch ein bisschen durcheinander und hab noch eine Weile dagesessen und vor mich hin gestaunt. Wie kann das sein, dass man sich so schnell so viel erzählt?

Was wissen wir eigentlich voneinander? So unter Freunden, meine ich. Nehmen wir zum Beispiel Jens. Noch so jemand, der mir jetzt einfällt. Mit Jens war ich im Uni-Sport. Wir waren Anfang zwanzig und spielten Badminton. Einmal die Woche ging es zum Training. Die Sachen packen, zur Uni fahren, all die andern treffen, ein bisschen Smalltalk, sich umziehen, warm machen – und dann spielen. Eine tolle Abwechslung und ein Fitnessprogramm dazu. Wir wurden immer besser. Jens war so ein sportlicher, kompakter Typ. Etwas kleiner, dafür sehr schnell und wendig. Ich bekam immer zu hören, ich sollte meine Größe besser nutzen. Die Bälle schon früher annehmen, weit oben. Hinter dem Ball stehen. Meine ganze Schlagtechnik nutzen. So könnte ich kompensieren, was Jens an Schnelligkeit zu bieten hatte, ich aber eher nicht. Wir waren die perfekten Gegner.

Bestimmt drei Jahre lang habe ich Jens jede Woche gesehen. Das hat Spaß gemacht. Aber was weiß ich über ihn? Heute muss ich schon überlegen, was er eigentlich studiert hat. Informatik oder Germanistik? Betriebswirtschaft oder Philosophie? Ich weiß es nicht mehr. Ich weiß noch, wie er sich bewegte und dass man eine Chance hatte, ihn zu schlagen, wenn man ihn lange genug übers Feld jagte. Aber sonst?

Ich habe keine Ahnung, worüber Jens nachgedacht hat, welche Musik er gehört hat, ob er eine Freundin hatte. Ob er abends mit Gleichgesinnten im Café saß und über den Sinn des Lebens philosophierte oder längst dabei war, sein erstes Start-up zu gründen. Was damals, Anfang der Neunziger, noch gar nicht so hieß: Start-up. Ich wusste erst recht nicht, was für ihn Glück bedeutete oder wovor er Angst hatte.

Aber Monika treffe ich zufällig für eine Dreiviertelstunde in der Cafeteria und weiß sehr schnell sehr viel über sie. Sie teilt sofort mit mir, was sie beschäftigt. Wir verstehen uns in diesem Moment. Und wahrscheinlich sehe ich sie in vier Wochen bei der nächsten Behandlung nicht unbedingt wieder. Wie gesagt: Das Leben ist jetzt.

Monika erzählt mir noch aus der Therapie bei ihrer Psychologin. „Ich kann so viel", sagt sie und strahlt schon wieder. Ihre Lunge sei krank. Aber sonst? Sie will sich fokussieren auf das, was geht und was sie kann. Ich finde das beeindruckend. Sie hat ja Recht. Sie sitzt da vor mir, halb Vorbild, halb Freundin auf Zeit. Als gehörten wir zu einer verschworenen Gruppe. Die wir das Leben lieben, die Ängste auf kleinen Wölkchen davonschicken und jeden Moment des Lebens schmecken. Wir mögen keine Statistik und keine Prognosen. Wir mögen die Sonne und den Cappuccino. So ist das und so ist es gut.

Das alles in 45 Minuten? Das ist schon krass. Aber ich kann es mir vorstellen. Wie wertvoll das ist! Wie ist der Wein?

Hervorragend. Hält, was er verspricht.

Meiner auch. Soll ich mal ehrlich sein: Ich habe schon das zweite Glas intus. Das kommt davon, wenn wir so lange am Stück schreiben. Und wenn du so von dieser Monika erzählst, muss ich an eine ganz bestimmte Freundin denken. Ich weiß auch nicht, wie jetzt darauf komme.

Oha! Ich mag es, wenn du so ein ganz klein wenig … du weißt schon.

Wenn ich am Ende ein Glas zu viel habe? Ich würde sagen, noch ist es nicht so weit. Also: Es gab mal einen Sommer in Hamburg, ich war noch gar nicht lange da, da hatte ich so eine Art Freundin auf Zeit. Sie machte irgendwas an der Uni für ein halbes Jahr. Ich weiß gar nicht mehr genau, was das war. Aber es war von Anfang an klar, Ende September geht sie zurück nach Dortmund. Kennengelernt haben wir uns auf einer Party. Wir hatten einen gemeinsamen Freund. Sie kannte ihn von früher, er hatte ihr ein WG-Zimmer vermittelt. Jetzt war sie kaum in der Stadt und schon auf seiner Geburtstagsparty. Irgendwann saß ich neben ihr. Wir machten ein bisschen Smalltalk, woher sie kommt und was sie so macht. Sie war mir total sympathisch, von der ersten Minute an. Ich war im Grunde verknallt. Kann man das sagen? Es war nichts Erotisches, aber es gab sofort diese Verbindung. Du spürst einfach: Wir beide verstehen uns sehr schnell sehr tief. Ich wollte sie unbedingt wiedersehen und sie mich auch.

Was folgte, war ein total unbeschwerter, irgendwie verzauberter Sommer in Hamburg. Wir hingen in Cafés rum, quatschten ohne Ende, guckten abends Filme, gingen an der Elbe spazieren. Genau diesen einen Sommer lang.

Mit ihr konnte ich drei Stunden lang in der Sonne sitzen, Cappuccino trinken und über das Leben reden. Dann gingen wir nachmittags um fünf auseinander und hatten am nächsten Morgen einen heftigen Sonnenbrand. Weil wir einfach die Zeit vergessen hatten.

Einmal hat sie mir von einer Studentin erzählt, die dieser gut aussehenden Professorin, Anfang vierzig, schöne Augen gemacht hat – und ich habe erst hinterher überlegt, ob sie damit irgendetwas andeuten wollte. Du weißt, ich verstehe diese Zeichen fast nie. War da doch ein wenig Erotik im Spiel, ein Hauch vielleicht? Jedenfalls hatte Annalena immer Zeit. Sie war mein Kontakt ins Leben an der Uni. Dabei hatte sie angeblich immer viel zu tun in diesem Projekt an der Uni, hielt jede Woche zwei Sportkurse in einem Fitnesscenter, um noch etwas mehr Geld zu verdienen, und probierte nebenbei, ob ihr vielleicht doch ein Zweitstudium in Pädagogik liegen würde. Alle zwei Wochen fuhr sie nach Hause und besuchte ihre Eltern, ihr Vater hatte Parkinson. Aber wenn ich sie fragte: Hast du noch Zeit für einen Kaffee? Dann hatte Annalena Zeit für einen Kaffee. Manchmal drei Stunden lang. Das nenne ich Lebenskunst! Wie gesagt, ein bisschen verknallt war ich schon. Falls man das über eine Freundschaft sagen kann.

Ich kann mich noch an den letzten Abend mit ihr erinnern. Ein Abschiedsessen. Ich hatte ein bisschen Muffensausen. Wie würde das enden? Und wo würde das enden? Ich meine, das war mit Rotwein und allem Drum und Dran. Das hatten wir so dann doch noch nicht. Ich hatte ein kleines Abschiedsgeschenk vorbereitet, ein Buch, für das ich auch einen Beitrag geschrieben hatte. Bescheuert, oder? Ich war ziemlich nervös. Ich dachte, sie würde mich anschließend noch irgendwohin einladen. Oder plötzlich sagen: Gehen wir noch zu dir? Und dann hätte ich nicht gewusst, was ich tun würde. Aber sie eröffnete mir gleich zu Beginn, dass sie übrigens nur bis neun Zeit hätte, weil sie noch ihrem alten Freund, dem mit der Geburtstagsparty, irgendwas versprochen hatte, ich weiß es nicht mehr. Puh, da war ich erleichtert.

Es war ein schöner Abend, wir haben uns am Ende lange in den Arm genommen und verabschiedet, alles war gut. Nur ich war ein bisschen melancholisch drauf. Vier wundervolle Monate vorbei. Dieser schöne Kontakt zu ihr wahrscheinlich zu Ende. Jedenfalls würde ich jetzt nicht alle zwei Wochen nach Dortmund fahren. Ich habe ihr dann noch einen leicht verwirrten Brief geschrieben, weil ich irgendwie herausfinden wollte, ob da doch mehr war. Sie schrieb mir zurück: Da war nichts. Außer einer spontanen Freundschaft. Aber die sei sehr anregend und sehr schön gewesen.

Ein paar Mal haben wir uns in den nächsten Monaten noch gesehen, immer wenn sich eine sogenannte Sozietät bei besagter Professorin traf. Dann kam sie noch mal angereist, vielleicht einmal im Monat. Oft haben wir das noch mit einem Essen verbunden. Dann starb ihr Vater. Ich sah an dem Abend sofort, dass irgendetwas nicht stimmte. Wir haben uns in den Arm genommen und ernteten ein paar fragende Blicke der Professorin (worauf wir beide nichts gegeben haben), und dann sind wir noch in eine Kneipe gegangen und haben lange geredet.

Eine Freundschaft. Mal wieder. Das ist doch alles, worauf es ankommt, oder? Im richtigen Moment einen Freund oder eine Freundin zu haben. Und vielleicht war da für sie auch kein anderer, keine andere in dem halben Jahr hier in Hamburg an der Uni. Dann war ich es halt für diese Zeit. Warum nicht? Ist doch schön.

Annalena – oder wie immer sie hieß – hat mich Jahre später noch mal auf Facebook angeschrieben und ein paar Fotos geschickt. Sie hat geheiratet, sie hat Kinder, sie wirkt glücklich. Dann haben wir nichts mehr voneinander gehört. Eine Freundschaft auf Zeit. Und trotzdem sehr wertvoll.

Wie lange ist das her? Hatten wir uns schon wiedergefunden?

Ja, schon. Habe ich das nie erzählt? Das ist jetzt zwanzig Jahre her. Aber es ist vorbei. Wie ein leichter Rausch. Es war Februar, als ihr Vater starb. Sie kam dann nicht mehr nach Hamburg. Es hat ein paar Wochen, vielleicht auch zwei, drei Monate gedauert, bis mir irgendwann auffiel, dass ich nicht mehr an sie denke. Dann stand ein neuer Sommer vor der Tür.

Soll ich dir mal was sagen?

Was denn?

Du warst wirklich verknallt. Was eine ziemlich schräge Beschreibung ist für eine Freundschaft. Aber auch eine schöne.

Das Wort ist mir so rausgerutscht beim Schreiben. Es passt sofort und passt auch nicht, wenn man zu lange drüber nachdenkt. Wie soll man es denn sagen, wenn es so plötzlich so besonders ist?

Ihr wart … hingerissen, bezaubert, zugetan. So stelle ich mir das vor.

Hach, mein Mann für besondere Worte hat gesprochen. Wo hast du die schon wieder gefunden? Aber ja, schöne Worte. Passende Worte. So ungefähr war das.

Und unsere Freundschaft?

Mach mich nicht nervös. Ist wieder anders. Völlig anders sogar. Allein die Zeit … Sind wir etwa plötzlich beim Thema? Wir zwei? Was das ist?

So wie jetzt war es ja auch nicht immer …

Klar. Ich meine jetzt mal nur die Zeit, seit wir uns wiedergefunden haben. Ich hätte beinahe geschrieben, seit wir wieder zusammen sind. Falsche Kategorie. Obwohl ich das schon sehr spannend finde, was das eigentlich ist zwischen uns, diese Freundschaft. Und wieso mir manchmal Worte herausrutschen, die eigentlich für Paare passen. Für die Liebe. Aber es ist ja etwas anderes. Manchmal sind wir wie Geschwister. Dann wie beste Freunde. Aber als wir wieder zueinandergefunden haben, ging das ja eher schleichend, ein wenig tastend am Anfang, oder? Ich hätte auch lange nicht gedacht, dass es sich so entwickelt. Klar haben wir uns auf einen Kaffee getroffen, wenn du mal in Hamburg warst. Das war nett, das war interessant. Um der alten Zeiten willen. Aber da trafen sich schon zwei erwachsene Menschen, die sich ein wenig aus den Augen verloren hatten. Und heute? Heute schreibst du mir an Heiligabend kurz vor Mitternacht, weil du reden willst. Und ich höre dir zu. Ich bin so dankbar.

Ich auch. Sehr sogar. Manchmal überlege ich, was das Besondere ist. Meine Freunde. Wer ist das? Wenn du plötzlich diese Krankheit hast, denkst du darüber noch mal anders nach. Der Kreis wird ein bisschen kleiner. Da sind Sophie und Lena. Wir sind Familie. Wir gehören zusammen und stehen das zusammen durch. Das hat aber mit Freundschaft nichts zu tun. Na gut, irgendwie schon. Natürlich kann ich mit Sophie über alles reden, wenn ich will. Trotzdem ist es anders. Und ich will nicht immer. Freundinnen und Freunde sind ja die, mit denen man außerhalb der Beziehung redet.

Da ist natürlich meine Band. Uns verbindet sehr viel. Die eigene Musik und wie wir daran feilen. Zusammen auf der Bühne stehen und im letzten Applaus nach vorne kommen, Arm in Arm. Backstage oder im Hotel versacken und reden. Das ist wie eine Zweitfamilie. Und wir sind zu acht! Mit dreien aus der Runde ist die Beziehung so eng, dass ich jeder Zeit mit ihnen über alles reden könnte – und das auch schon ab und zu gemacht habe. Wir sind wirklich Freunde.

Dann gibts diese Paar-Freundschaften. Theater-Abo, Grill-Abende, Geburtstagsfeiern. Immer zu zweit. Sehr nett, sehr verbunden, und zu manchen ist die Verbindung auch sehr persönlich. Mit zwei Paaren ist es sogar so, dass sich alle vier richtig gut verstehen.

Und dann gibt es noch die alten Freundschaften. Christian zum Beispiel oder Tina. Die habe ich beide im Volontariat kennengelernt. Das schweißt zusammen. Da lernst du dich in einer ziemlich überschaubaren Zeit ziemlich gut kennen. Musst Kritik wegstecken und Krisen durchstehen. Mit Tina ist es bis heute sehr besonders. Christian sehe ich manchmal ein ganzes Jahr nicht, aber wenn wir uns dann treffen, können wir reden, als wäre nichts gewesen. Schließlich Kathy aus dem Studium. Wir wohnen heute etwa eine Stunde auseinander und sehen uns so alle sechs bis acht Wochen. Wenn ich jetzt noch weiter nachdenke, fallen mir noch ein paar Freunde ein, die so in der Halbdistanz leben. Könnte man aktivieren, macht man aber doch nicht. Die „Wir müssten uns mal wieder treffen"-Freunde. Tja, und dann gibt's dich, liebe Sarah.

Jetzt bin ich aber gespannt.

Es gibt keine zweite Freundschaft wie die zu dir. Ich hab sogar einen Song dazu.

So wie du
Du kannst zuhören, wenn die Dinge schwer wiegen
Du kannst aufstören, bis die Fragen mich kriegen
Du kannst mitgehen, bis die Lösung sich zeigt
und zu mir stehen, wenn sonst keiner bleibt
Du kannst lachen, bis die Tränen doch fließen
noch was machen, wenn sie schon alle schließen
Du kannst klagen, wenn sich alles dreht
und dann sagen, wie es doch weitergeht

Wie ein Freund bist du da
in der Nähe nicht zu nah
schaust auf dieses Leben und legst deinen Teil dazu
Wie ein Freund bist du da
in der Nähe nicht zu nah
kannst so vieles geben, keiner sonst ist so wie du

Du spannst den Schirm auf, auch wenn es nicht regnet
Gibst dein Wort drauf, und ich fühl mich gesegnet
Du kannst nah sein, bis die Zeit einfach steht
und noch da sein, bis auch keiner mehr geht
Du kannst weit sehen, wenn der Weg plötzlich schmal ist
auf den Berg gehen, wenn der Nebel im Tal ist
scheint es sinnlos, bist du wieder zu Stelle
geht's von vorn los, findest du eine Quelle

Wie ein Freund bist du da …

Ach Tim, das berührt mich. Und ja, das ist wohl so mit uns zweien. Ich bin sehr dankbar dafür. Du hast von deinem Freund Jens erzählt, damals im Uni-Sport. Einmal die Woche Badminton. Ich hatte plötzlich dieses Bild: Wenn wir uns schreiben, wenn wir uns treffen, im Café sitzen und reden, dann ist das ein bisschen wie Federball spielen. Es hat diese Leichtigkeit. Einer nimmt den Ball auf und spielt ihn herüber, schön hoch und leicht aufzunehmen. Und dann spielen wir. Niemand will Punkte machen. Im Gegenteil, der Ball soll in der Luft bleiben. So wie früher auf der großen Wiese hinterm Haus. Es gibt kein Netz, kein festes Spielfeld, keine Regeln. Nur ein lockeres Hin und Her. Manchmal haben wir gezählt, wie lange wir den Ball in der Luft halten konnten.

Ein schönes Bild. Ich finde übrigens, es ist nicht nur leicht und locker, nicht nur ein sommerlicher Spaß. Denn du musst ja schon auf deinen Mitspieler achten. Du auf mich und ich auf dich. Wir haben uns im Blick. Versuchen so zu spielen, dass der andere den Ball auch aufnehmen kann. Wir wollen in einem Rhythmus bleiben. So wie das eben geht unter guten Freunden. Das ist das Schöne und das Besondere.

Und die Gratwanderung?

Jetzt spielst du mir diesen Ball zurück, hoch und weit. Ich muss mich ein bisschen strecken. Was ich gemeint habe? Sagen wir mal so: Enge Freundinnen und Freunde in der Literatur oder in der Geschichte – wer fällt dir ein?

Lass mich überlegen … Barack Obama und Joe Biden. Winnetou und Old Shatterhand. Asterix und Obelix. Falls das auch zählt.

Helmut Schmidt und Siegfried Lenz, Camus und Sartre, Frida Kahlo und Emmi Lou Packard.

Nicht zu vergessen Rosa Luxemburg und Clara Zetkin.

Oder Jennifer Aniston und Courtney Cox. Die sind, glaube ich, auch im echten Leben best friends.

Aha! Verstehe! Es sind Männerfreundschaften oder Frauenfreundschaften.

Genau. Wir zwei sind nicht vorgesehen.

Was ist mit Ingeborg Bachmann und Paul Celan? Es gibt da diesen berühmten Briefwechsel.

Zählt nicht. Die waren ein Liebespaar von Anfang an. Dann wieder nicht und dann wieder doch. Und so weiter.

Stimmt. Dann müssen wir eben noch berühmt werden, bevor uns der grüne Rasen deckt. Vielleicht schaffen wir es dann in eine Fernsehshow-Quizfrage: „Berühmte Freundschaften der Weltgeschichte".

Also ich google das mal eben: „Berühmte Freundschaften zwischen Mann und Frau". Vielleicht sind wir ja einfach nur etwas betriebsblind.

...

Hm, schwierig. Aber lustig. Hier sind die Top-Treffer: „Da läuft doch was: Freundschaft zwischen Mann und Frau"; „Freundschaft zwischen Mann und Frau: Geht das?" Dann haben wir noch den Klassiker: „Können Männer und Frauen wirklich nur Freunde sein?" – Und mein persönlicher Favorit: „Wenn die beste Freundin Horst heißt".

Hahaha!!! Da habe ich aber Glück habt, Tim!

Tja, da bleibt uns wirklich nichts anderes übrig. Du müsstest jetzt den Pulitzer-Preis abräumen und ich den Oskar für die beste Regie. Dann treten wir gemeinsam vor die Kameras und outen uns. Damit müssten wir es doch in die TOP 10 bei Google schaffen. – Aber zugegeben, das wird eng. Also mit den Preisen.

Aber sei mal ehrlich, dir sind vorhin auch ein paar Worte in die Tastatur gerutscht, die normalerweise für etwas anderes stehen. Und ich glaube dir das: Auf irgendeine Weise warst du „verknallt" in Annalena in diesem einen Sommer. Obwohl sie nie gefragt hat: „Gehen wir noch zu dir?", und es am Ende nur eine wunderbare Freundschaft auf Zeit war. Und über uns hättest du beinahe geschrieben „seit wir wieder zusammen sind".

Warte mal, Tim, mir fällt gerade etwas auf. Mich stört dieses „nur". Wieso „nur" eine Freundschaft? Fehlte da etwas in diesem Sommer in Hamburg? Nein, es war vollständig, ganz, absolut erfüllend für diese Zeit. Oder die Überschrift in deiner Blitzrecherche: „Können Männer und Frauen wirklich nur Freunde sein?" Was soll das? Stell dir mal ein Liebespaar vor, das über sich sagt: „Wir lieben uns nur."

Oh ja! Und alle sagen: „Na dann! Da sind wir aber erleichtert. Wir dachten schon, ihr seid Freunde." Das gefällt mir. Mach weiter!

Neulich hatte ich eine Trauerfeier, da schrieb die Frau in der Anzeige: „Mein bester Freund und geliebter Ehemann". Das habe ich ihr auch abgenommen. Das war großartig. Richtig schön, wenn man das sagen kann. Aber sonst? Sophie und du lebt in einer festen Beziehung. Ihr liebt euch, habt eine Tochter, habt Sex, zahlt die Raten fürs Haus ab, führt ein gemeinsames Konto. Wer steht in der Vorsorgevollmacht und in der Patientenverfügung? Genau. Das ist schön. Das ist die Liebe. Und es gibt Regeln dafür. Ihr seid im Grunde zusammen erwachsen geworden, ihr sorgt füreinander, gerade jetzt. Das ist wunderbar.

Wir zwei sind Freunde. Das ist etwas ganz anderes. Manchmal wie Geschwister, hast du vorhin gesagt. Ja und nein. Klar, wir kennen uns seit dem Kindergarten. Und klar, auch Geschwister können sich nah sein. Bei Becci und mir ist es definitiv so. Bei Lukas und dir war es doch auch so, oder? Vielleicht nicht so intensiv, ihr seid halt Jungs und wir sind Mädels. Vielleicht hättest du dir gewünscht, dass er noch etwas offener gewesen wäre, es nicht so für sich behalten hätte, als es ihm schlecht ging. Trotzdem habt ihr euch verstanden. Jedenfalls, nachdem ihr dem Alter entkommen wart, wo Jungs sich um Legosteine oder Matchboxautos streiten. Da habt ihr es gut gehabt! Ihr wart Brüder!

Manche Geschwister sind sich fremd. Oder gehen sich aus dem Weg. Oder ziehen sich zu Papas Beerdigung die kugelsichere Weste an. Alles schon erlebt. Wie heißt es so schön: Familie kann man sich nicht aussuchen.

Also ist es doch eigentlich alles ganz einfach: Wir sind kein Liebespaar, und wir sind keine Geschwister. Wir sind Freunde. Wir müssen uns verabreden, wenn wir uns sehen wollen oder gemeinsam ein Glas Wein trinken. Überlege ich, was ich anziehe und welchen Lippenstift ich nehme, wenn du mal nach Hamburg kommst? Ja, tue ich. Kannst du manchmal besser einschlafen, wenn du noch eine Runde um den Block gehst und mich herbeidenkst? Ja, das ist so. Schreiben wir uns hier ziemlich persönliche Dinge? Ja, natürlich. Weil wir Freunde sind. Du und ich. The one and only „Tim und Sarah“!

Freundschaft ist freiwillig, und Freundschaft braucht keine Regeln. Ich fühle mich sicher bei dir. Ich fühle mich verbunden. Manchmal lege ich ein Flüstern auf deinem Kissen ab. Aber nichts davon ist irgendwie geregelt. Oder von außen vorgegeben.

Wie schön, Sarah. Das muss ich erst mal sacken lassen.

Du machst dich fein, wenn wir uns treffen? Das erinnert mich an meine alte Freundin Tina. Es muss irgendwann im Volontariat gewesen sein. Wir waren verabredet. Essen gehen und quatschen. Wir waren dann immer sehr schnell in sehr persönlichen Gesprächen. Also nicht bloß quatschen, sondern reden, darum ging es eigentlich.

Darf ich das mal aus Männer-Perspektive sagen: Reden geht mit euch Frauen einfach besser. Unter Männern hat es oft etwas Kumpelhaftes. Wir unternehmen etwas zusammen. Die Radtour an den Badesee. Fünf Tage Mallorca. An der Küste entlangwandern bis zu einer kleinen, abgelegenen Bucht. Abends ein Bierchen auf dem Marktplatz. Wieder zu Hause treffen sich manche zum Tennis oder buchen einmal die Woche die Halle für Squash oder Badminton. Wir Männer können gut etwas zusammen erleben. Auch das ist Freundschaft. Natürlich reden wir auch. Aber dann eher über den Beruf, die Gesundheit, den Sport, die Kinder. „Hör mal, deine Frau wirkte neulich so verändert. Wie geht es euch überhaupt? Ist alles gut bei euch?“ – Das frag ich dann doch nicht.

Ja, kann sein, da ist was dran. Ihr Männer kriegt irgendwie beigebracht, eure Gefühle im Griff zu haben. Dabei kämpft ihr doch genauso mit allem: Beziehung, Erfolg, die eigenen Eltern, Kindheit, Liebe, Familie, Erziehung, Freundschaft … Kommen wir zum Wesentlichen: Was war denn nun mit Tina? Lief da was?

Aha, meine Freundin Sarah stellt die wirklich interessanten Fragen! Ich glaube, ich brauche ein drittes Glas Wein. Aber nein, ich muss dich enttäuschen, da lief nichts. War es deshalb vollkommen unerotisch? Nein, war es nicht. War ich irgendwann verliebt? Ja, doch, war ich. Es gab da diese eine Szene, von der ich eigentlich vorhin erzählen wollte. Ich fahre zum Lokal, halte an der letzten Ampel, an der ich rechts abbiegen muss, und wer hält gegenüber? Genau, Tina.

Aber sie sieht mich nicht. Weil sie in den Spiegel schaut, an ihren Haaren herumzupft und den Lippenstift nachzieht. Es war ein schöner Abend. Anschließend gingen wir noch etwas am Fluss spazieren und dann jeder nach Hause.

Irgendwann hat Kathy mich genau das gefragt: Läuft da was zwischen euch? Nein, so direkt war sie gar nicht. Sie fragte es sehr diplomatisch, und das führte zu einem hübschen Missverständnis. Sie fragte nämlich ganz formvollendet: „Das mit Tina, hat das eigentlich auch eine erotische Dimension?" – „Klar, geht ja gar nicht anders", habe ich geantwortet. Ich dachte an Gespräche, Blicke und Spaziergänge Arm in Arm. Und sie dachte gleich, wir hätten so richtig was miteinander. Komplizierte Welt.

Zum Wohl! Halten wir also fest: Freiwillig und ohne Regeln, locker und doch verlässlich – und mit einem Hauch Erotik in der B-Note. So ist sie, die „Freundschaft zwischen Mann und Frau", auch wenn es kaum Vorbilder gibt, die man googlen könnte. Und? Hat doch gar nicht wehgetan, oder?

Stimmt. Ich habe noch etwas gefunden: In der Zeitung, in diesem Magazin, das es nur samstags gibt, war neulich ein schönes Zitat von Aristoteles über die Freundschaft abgedruckt. Aristoteles unterscheidet drei Arten von Freundschaft: die um des Vergnügens willen, die um des Nutzens willen und die um der Freundschaft willen. Nur die letzte, die „Herzensfreundschaft", lässt er wirklich gelten. Weil sie zweckfrei ist. Ich stoße also an auf meine „Herzensfreundin"!

Jawohl! Auf die Herzensfreundschaft!

29. Juli, 9:07 Uhr

Hilfe, Sarah! Es gibt ein Riesenproblem! Unser Urlaub platzt gerade. Hört das denn nie auf, verdammt?!

WAS? Sag nicht so was! Was ist denn passiert?

Ich habe neue Symptome. Auf der Rückfahrt vom Arzt habe ich vorhin im Auto geschrien. Das darf doch alles nicht wahr sein! Und man muss das auch schreien, es hier in die Tasten zu hauen, ist ein Witz. Es klappert leise auf der Tastatur, aber in Wirklichkeit will ich mit der Faust auf den Tisch hauen, weißt du? Und das mache ich jetzt auch! So. Schon besser.

Mann, wir waren doch auf einem so guten Weg. „Beziehen Sie Ihren Hautarzt mit ein", hatte mir meine Onkologin geraten. „Sie sind ein Hauttyp." Hat sie ja recht. Habe ich ja auch gemacht. Eine komplette Vorsorgeuntersuchung. Dann eine Entwarnung. Es seien alles gesunde Strukturen. Wir müssten nichts machen.

Aber jetzt kamen da plötzlich ein paar Entzündungen. Gleichzeitig unter beiden Achseln. Leichte Schwellungen, rot, schmerzempfindlich. Hatte ich so noch nicht. Ein Abszess? Eine Haarwurzelentzündung? Wieder irgendwas mit den Lymphknoten? Meine erste Adresse war wieder meine Internistin, die Praxis ist eigentlich geschlossen, irgendwelche Renovierungsarbeiten, aber sie hat gesagt, sie sei sowieso da, dann könnten wir uns auch treffen. Was ich ziemlich toll finde. Wenn du schwer krank bist, hast du eben auch Privilegien.

Vor Ort ein erstes Tasten, ein Ultraschall. Angeblich nichts mit den Lymphknoten. Irgendwelche äußerlichen Entzündungen. Es gibt ein Antibiotikum und eine Salbe. Und ich grübele schon wieder. Kann sie das? Hätte ich besser gleich zum Hautarzt gehen sollen? Andererseits haben das ja viele Leute schon mal, solche Entzündungen, auch regelmäßig. Nur ich habe damit bisher keine Erfahrungen.

Aber das Ganze zieht sich nicht zurück. Immer wieder kommt etwas Neues, mehrere Stellen auf jeder Seite. Okay, so genau willst du es bestimmt nicht wissen. Jetzt gehe ich zum Hautarzt. Das scheint ja doch schwieriger zu werden. Der guckt sich alles an, staunt ein wenig, verschreibt ein neues Antibiotikum und eine andere Salbe.

Es ist ja so: Mein Körper ist durch die ganze Behandlung abwehrgeschwächt. Wenn irgendeine Entzündung auftaucht oder auch nur eine Erkältung, brauche ich sofort ein Antibiotikum.

Nun gut, eine Woche später soll ich zur Kontrolle wiederkommen. Und ich sollte doch mal die genauen Berichte aus der Onkologie mitbringen. Also kopiere ich die wesentlichen Sachen und fahre heute wieder hin. Diesmal bin ich beim Senior der Praxis. Er war lange Oberarzt in einem großen Krankenhaus in der Nähe, Tumorerkrankungen waren dort in der Hautklinik sein Schwerpunkt, vor wenigen Jahren hat er sich selbstständig gemacht. Und nun guckt er auf die Berichte und hört mit einem Ohr, was ich ihm über diese Entzündungen sage. „Das ist ja kein Zuckerschlecken, was ich hier lese und was Sie hier durchmachen." Ja, finde ich auch. Dann wirft auch er einen Blick darauf und meint, nach so vielen Tagen Antibiotikum müsste das schon besser aussehen. Und überhaupt: An mehreren Stellen gleichzeitig und auf beiden Seiten … das sei schon seltsam. Sein Professor, bei dem er gelernt habe, sei bundesweit einer der Experten für den Zusammenhang zwischen Lymphomen und Hauterkrankungen. Da gebe es sehr seltene Erscheinungen. Und wenn jemand damit umgehen könne, dann dieser Prof. Ich solle mir kurzfristig einen Termin machen lassen. Nur zur Sicherheit. Und dann sehe ich wieder diesen ernsten Blick und seine Stirn in Falten.

Tja, so habe ich dann die Praxis verlassen. Mit der Telefonnummer des nächsten Experten. Chefarztsekretariat. Ich soll schön grüßen. Die wüssten dann schon …

Das ist die neue Lage. Und was soll ich sagen: Die Angst ist wieder da. Sofort. Und sie passt auch nicht auf irgendein Wölkchen, das ich wegschicken könnte. Es ist ein Betonklotz, der kracht einfach so zu Boden. Und er liegt mir im Weg. Ich kriege ihn nicht weg. Immerhin: Gleich übermorgen um 14 Uhr habe ich einen Termin. Glück im Unglück.

Aber den Urlaub können wir wohl vergessen. Wie auch immer es läuft, es braucht jetzt regelmäßige Kontrollen, vielleicht einen Eingriff. Jedenfalls geht das nicht einfach wieder weg an der Ostsee. Da habe ich schon mal vorgefühlt. Umdisponieren ist wohl das höchste der Gefühle. Deutsche Ostseeküste mit einer Klinik in der Nähe. Aber das ist ja nicht das, was wir wollten – und worauf ich mich so gefreut habe. Wenn ich ehrlich bin, kann ich auch gerade gar nicht darüber nachdenken. Denn plötzlich ist die Angst wieder da.

Hey Tim, wir sind Freunde, oder? Wir erzählen uns alles. Seelisches, Körperliches. Den großen Mist und das große Glück. Oder etwa nicht? Ich weiß noch, wie wir im Sommer mal an der Binnenalster saßen, es war heiß, du hast irgendwann dein T-Shirt ausgezogen und einfach mal die Sonne rangelassen. Ich habe das erste Mal deine lange Narbe gesehen, die sich den ganzen Rippenbogen entlangzieht. Ich durfte sie berühren. Und du hast mir erzählt, wie das war, im Januar 1999. Operation und Intensivstation. Du hast mich neulich noch mal daran erinnert, ein Schlüsselmoment für dich. Tja, und am Ende bleibt eine Narbe. Und ein Tim, der die Sonne genießt und sich von mir nass spritzen lässt. Von mir aus erzählst du mir von Entzündungen, Blutwerten, Achselhaaren und Antibiotika. Von Wölkchen und Betonklötzen. Ist mir vollkommen egal. Du bestimmst. Wo kommen wir hin, wenn sich einer von uns nicht mehr traut? Also: Wenn es für dich okay ist, dann ist es auch für mich okay. Ja? Nicht vergessen! Von wegen: „So genau willst du es bestimmt nicht wissen.“ Warum nicht? Wenn du es so genau erzählen willst, dann will ich es auch so genau wissen.

So, mein lieber Tim, dann wollen uns doch mal diesen Betonklotz angucken, der plötzlich aus der Arztpraxis in dein Leben geknallt ist.

Kein Hauch von Angst, den du mal eben wieder wegschicken kannst, sondern ein richtiger Klotz, ja? Gekommen, um zu bleiben. So ungefähr? Und du kommst nicht vorbei. Er liegt wuchtig im Weg. Die Angst ist da und blockiert alles. So sieht es aus. –

Ich würde mir diesen Klotz gerne mal genauer anschauen. Wie groß ist er denn? So wie diese riesigen Legostein-Betonklötze, die sie jetzt immer am Eingang der Fußgängerzone oder an großen Plätzen ablegen, wenn da eine Demo oder ein Konzert ist? Damit da kein Lkw hineinrasen kann? Also ich schätze die so auf 1,80 m breit, 1,20 m hoch und 0,80 m tief. Und ich muss dir sagen: So einen fetten Betonklotz kann ich auch nicht heben. Oder für dich aus dem Weg räumen. Diese Angst ist da, und sie wiegt schwer. Aber soll ich dir was verraten? Es ist keine Wand! Es ist erst recht kein geschlossener Raum. Es ist nur ein dicker Betonklotz, und du stehst davor.

Wenn du einverstanden bist, nehme ich dich jetzt bei der Hand und führe dich an der Seite vorbei. Okay? Das geht nämlich. Wir gehen rechts vorbei, sehen ihn plötzlich nicht mehr von vorn, sondern von der Seite. Und jetzt heb mal die Augen und schau nach vorn! Da ist die Straße! Bäume links und rechts. Die Sonne blinzelt durch die Blätter. Da kommen uns Leute entgegen. Eine Frau telefoniert am Handy und lächelt versonnen vor sich hin. Vielleicht hat sie gerade eine gute Nachricht bekommen. Oder ihr Freund hat ihr eine kleine Liebesbotschaft ins Ohr geflüstert. Sie wirkt völlig unbeschwert. Rechts toben zwei Kinder auf diesen kleinen Spielgeräten. Ein Schaukelpferd wippt hin und her. Auch sie: völlig unbeschwert. Wir sind ganz unmerklich ein paar Schritte weitergegangen. Dreh dich mal um! Der Betonklotz liegt schon hinter uns. Was sagst du dazu?

Tim, mein Lieber, du wirst nicht sterben. Jedenfalls nicht heute und nicht morgen und sehr wahrscheinlich auch nicht übermorgen. Du hast eine Ärztin, die einen Termin mit dir macht, obwohl sie die Praxis geschlossen hat. Einen Hautarzt, der dich zu seinem ehemaligen Chef schickt, weil der ein Experte ist. Alle nehmen sich sofort Zeit für dich. Alle geben ihr Bestes. Du gehörst jetzt zu den Patienten, um die man sich sofort kümmert, wenn was ist. Was für ein riesiges Privileg!

... und ich habe eine Freundin, die mich mal eben an einem großen, schweren Betonklotz vorbeiführt und mir das Leben zeigt. Das unbeschwerte Leben, in dem die Sonne blinzelt, eine Frau lächelt und zwei Kinder toben. Ein Leben, in dem ich die Angst hinter mir lassen kann. Wie schön! Sie ist nicht weg. Das ist ja klar. Aber sie blockiert mich nicht mehr völlig. Ich kann sie schon mit etwas Abstand betrachten. Um sie herum gehen. Sie links liegen lassen. Großartig. Wozu habe ich eigentlich eine Therapeutin? Die findet, glaube ich, ganz gut, was wir hier machen.

Gestern habe ich übrigens spätabends noch einen Songtext geschrieben. Das ist immer wieder ein gutes Ventil für mich. Ich habe ihn nicht gleich mitgeschickt, er war mir noch zu roh. Mal gucken, ob er sich noch mal verändert. Erst mal ist es die Stimmung von gestern Abend. Du musst dir eine leicht düstere Rock-Hymne dazu vorstellen, so als sei es von Selig aus den 90ern oder von Nirvana:

Wo soll ich hin mit meiner Angst
Ich hab unendlich viele Fragen
die du doch niemals lösen kannst
ich will nicht ganz allein verzagen
ob du noch einmal mit mir tanzt
Geht alles hier schon bald zu Ende
ich will noch immer so viel mehr
nimm mich ganz fest in deine Hände
dann halt mich lang ich mag das sehr
Du hast schon viel gesehn
du kannst mich doch verstehn

Wo soll ich hin mit meiner Angst
sie bleibt noch hier solang sie will
hilf mir doch bitte wenn du kannst
in deiner Nähe werd ich still
doch sie bleibt
Ich hab gerungen und gefleht
Ich halt dich fest und lass nicht los
ich will nur dass sie weiterzieht
und schlafe ein in deinem Schoß
doch sie bleibt

Der Baum gepflanzt das Buch geschrieben
die Kinder groß was will man mehr
wo ist das Leben nur geblieben
und was da kommt das wiegt noch schwer
Ein bisschen alt kein bisschen weise
starr vor mich hin und bin gelähmt
an deiner Hand werd ich ganz leise
das Glück gestärkt die Angst gezähmt
Du hast schon viel gesehn
du kannst mich doch verstehn

Wo soll ich hin mit meiner Angst
sie bleibt noch hier solang sie will
hilf mir doch bitte wenn du kannst
in deiner Nähe werd ich still
doch sie bleibt
Ich hab gerungen und gefleht
Ich halt dich fest und lass nicht los
ich will nur dass sie weiterzieht
und schlafe ein in deinem Schoß
doch sie bleibt

Puh. Ich mag die Spannung. Den Trost und die Ruhe, wenn du festgehalten wirst oder einschläfst mit dem Kopf im Schoß. Und die Angst, die trotzdem bleibt. Sie löst sich ja nicht auf. Heftig. Und schön. Es geht ja nicht anders, oder?

Sag mal, an wen denkst du da?

Das ist offen. Das kann Sophie sein, das kannst du sein, sogar Lena. Es könnte die Sängerin unserer Band sein, wenn die Stimmung gerade danach ist. Oder eine Fremde im Traum. Es ist nur dieses Gefühl: Ich gehöre irgendwo hin, ich fühle mich geborgen, ich werde ruhig. Ich kann das auch beten: Wo soll ich hin mit meiner Angst, hilf mir doch bitte, wenn du kannst, Gott!

…

Darf ich dich noch was fragen?

Aha. Du bist noch nicht fertig …

Stimmt. Mich interessiert einfach, wie du selbst damit klar kommst. Wie gehst du denn damit um, wenn die Angst wiederkommt? Du hast mal erzählt, dass es manchmal diese Flashbacks gibt. Dass dann alles wieder da ist. Die Gefühle aus den Tagen im Krankenhaus und danach. Die Bedrohung. Die Angst. Und dann?

Gerade bist du stark. Du kannst mir den Weg um den Betonklotz herum zeigen und führst mich aus der Angst heraus. Aber manchmal bist du schwach. Was dann?

Ja, natürlich. Es gibt solche Tage. Dann kommt es aus heiterem Himmel. Ich hatte neulich erst so einen plötzlichen … wie soll man das nennen? Einen emotionalen Crash. Ich gucke gerade so eine amerikanische Krankenhausserie. Manchmal ist sie ziemlich dramatisch. Normalerweise ist das kein Problem. Aber neulich gab es diese

Bilder von der Intensivstation, die Geräusche, die Hektik, all das hat mich ganz plötzlich in meinen Schlaganfall-Schock zurückkatapultiert. Ich war nur wenige Tage auf der Intensivstation damals, aber es war grauenhaft. Die totale Ohnmacht und Abhängigkeit. Dieser Kontrollverlust. Dass du dich vollkommen ausgeliefert fühlst. Irgendwann bringen sie dir wieder Brötchen mit Marmelade, aber du kannst es ja gar nicht schmieren mit einer Hand. Und du weißt auch immer noch nicht, ob du es jemals wieder kannst. Gruselig.

Wie ich aus solchen Zuständen rauskomme? Tja. Kommt drauf an. Meistens lasse ich sie durch mich durchziehen wie ein Gewitter. Wenn ich alleine bin, kann ich auch mal heulen wie ein Schlosshund. Vielleicht fällt uns Frauen das leichter. Aber ich muss es zulassen. Und muss irgendwie darauf vertrauen, dass das Gewitter wieder vorbeigeht.

Allerdings gab es vor ein paar Wochen eine Nacht, da hab ich tatsächlich ein paar Tropfen Valium genommen. Mein absoluter Notausgang. Das habe ich nach der OP bekommen für zu Hause. Eigentlich darf man 15 bis 20 Tropfen nehmen. Bei mir reichen dann sechs bis acht. Zweimal im Jahr. Die Flasche ist noch ziemlich voll. Nun ja.

Valium? Heftig. Aber vielleicht gut zu wissen, dass es das gibt im Hintergrund als Möglichkeit. Bei meiner OP vor 20 Jahren wollte ich in den ersten beiden Nächten ein stärkeres Schmerzmittel. Das war dann schon ein Opiat. Fand ich gut. Es machte seinen Job. Und ich konnte schlafen.

Ich war damals fünf Tage auf der Intensivstation. Mein Gefühl war genauso wie bei dir: völliger Kontrollverlust. Die Innenansicht. Wirklich gruselig. Sophies Gefühl, als sie mich besuchte: Hier haben sie alles unter Kontrolle. Die Außenansicht. Ein halbes Jahr später kamen die Albträume. Ich konnte keine Krankenhausserien mehr gucken. Eigentlich mochten wir die.

In der Therapie damals haben wir positive Bilder gesucht, die ich den schlimmen entgegensetzen konnte. Zum Beispiel wie ich nach zehn Tagen Krankenhaus mit gepackter Reisetasche auf der Bettkante sitze und Sophie mich abholt. Alles ist geschafft. Wirkt heute noch bei Flashbacks. Auch gut: Ich denke mich an sichere Orte. Der Lieblingssessel in der damaligen Berliner Wohnung. Eine Fels-Nische an der Westküste von Öland.

Die Therapeutin damals hat hypnotherapeutisch mit mir gearbeitet. Das hat nichts mit Hypnose zu tun, wie man sie zu kennen glaubt. Aber du lernst, in eine tiefe Entspannung zu gehen und die schlimmen Bilder allmählich durch positive zu ersetzen. Diese alten sicheren Orte sind irgendwo tief in mir verankert. Bei diesen Flashbacks wirken sie bis heute. Hast du das auch?

Hm, ein sicherer Ort? Ich überlege, was das bei mir ist. Ich würde sagen: mein Bett! 1,40 m, auf denen mir nichts passieren kann. Hier lese ich, hier schlafe ich, hier kuschele ich mich ein unter meiner großen Decke. Hier heule ich und lasse das Gewitter vorbeiziehen, wenn es kommt. Die Angst muss mich einmal durchziehen. Dann geht sie wieder. So war es immer bisher. Darauf kann ich mich verlassen. Es ist ja auch eher eine Fiktion. Ich werde zurückgeschleudert in ein Gefühl von damals. Heute fehlt mir ja nichts. Ich kann wieder auftauchen, und alles ist gut. Dann schlage ich die Decke zur Seite, strecke mich, stehe auf, stelle mich ans Fenster und schaue runter auf die Straße. Kann sein, das Kopfkissen ist noch tränendurchnässt von der Nacht. Aber das macht nichts. Es ist mein Bett. Hier bin ich sicher und geborgen.

Ganz anders bei dir. Bei dir ist es akut. Kein Flashback, sondern Wirklichkeit. Wenn du nicht alle vier Wochen in die onkologische Ambulanz gehst für die nächste Behandlung, ist dein Leben bedroht. Das ist noch mal ein ganz anderes Spiel.

Du sprichst von den alten sicheren Orten. Gibt es auch neue?

Lass mich überlegen. Ich habe auch heute diesen Lesesessel, von dem aus ich in den Garten auf den Kirschbaum gucke. Hier kann ich immer sein. Ein Buch lesen, Musik hören – oder einfach durch die Fenster in den Garten gucken. Meine Therapeutin (die vor zwanzig Jahren) hat das mal etwas ausgemalt. Von diesem sicheren Platz aus schaue ich auf den Baum. Damals war es eine große Kastanie, zweiter Stock, der Blick fiel direkt in die Baumkrone. Heute ist es unser Kirschbaum. Im Sommer sind die Blätter kräftig grün. Dann kommt der Herbst, sie welken, werden gelb und braun. Manche rollen sich ein. Irgendwann steht der geliebte Baum ganz kahl da. Im Winter schaue ich vom Sessel auf die nackten Äste. Doch der Baum hat Wurzeln. Etwas hält ihn. Er hat Ressourcen, darauf kann er zurückgreifen. Und so geschieht es irgendwann im Frühjahr. Kleine Knospen, helle, grüne Blätter. Der Baum kommt wieder zu Kräften. Dann explodiert er geradezu und blüht leuchtend weiß. All das sehe ich im Laufe der Monate von diesem Sessel aus. Der Baum erzählt mir, dass auch ich wieder zu Kräften komme. Ein guter Platz, gemütlich und sicher.

Das ist wirklich ein schönes Bild. Was uns Halt gibt und was uns nährt, das geschieht im Verborgenen. Nicht offensichtlich, sondern im Geheimen. Aber es geschieht. Du kannst dich darauf verlassen. Toll. Und sonst?

Die Bühne! Wirklich wahr. Das hätte ich nie erwartet. Früher war es der einzige Ort, an dem ich noch nervös wurde. Mit dem Publikum reden – das war ja nie das Problem. Ganz egal, ob da 50 oder 500 im Raum sind. Ich kriege sie. Gib mir ein Mikro und alles wird gut. Aber wehe, ich hänge mir den Bass um und muss mit der Band spielen. Da hatte ich lange Zeit ganz klassisches Lampenfieber. Aber das hat sich verloren. Das macht wahrscheinlich die Praxis. Irgendwann fühlst du dich sicher an deinem Instrument und in der Band.

Neulich sind wir ja in der Schule aufgetreten. Ende März, das erste von den drei Konzerten. 400 Leute. Zehn Minuten vor dem Auftritt sitzen wir backstage zusammen, da sage ich noch: „Ich bin heute so hübsch unkonzentriert. Ich bin gar nicht richtig da. Das wird ein lustiger Abend." Dann sagt das unser Frontmann auch. Aber nur, weil er den Abend zuvor noch im Kopf hat. In Form von Restalkohol und Schlafmangel. Bei mir sind es vielleicht Rest-Chemo und Kraftmangel. Aber es hilft ja nichts. Du weißt genau, in zehn Minuten gehen wir da raus auf die Bühne. Da fragt keiner, wie es dir geht, sondern 400 erwartungsvolle Gesichter gucken dich an. Ich denke noch: Das kann ja heiter werden.

Doch dann kommt alles ganz anders. Die beiden Opener sind gespielt, ich bekomme das Mikro in die Hand, sage „Guten Abend", stelle unser Programm vor, flirte mit dem Publikum – und bin voll da. Ich lese den ersten Text und bin mit jeder Nuance, mit jedem Atemzug präsent. Das verstehe, wer will. Aber gib mir eine Bühne und ich bin ganz bei mir selbst. Für mich ist es der sicherste Ort auf der Welt. Und der schönste außerdem.

Mann, Tim, du musst echt diesen fucking Krebs loswerden! Und weißt du was? Ich glaube, die Bühne hilft dir dabei. Diese Energie kann dir nichts sonst geben.

Du hast Recht. Es gibt mir eine unglaubliche Kraft. Es hält mich am Leben. Schluss für heute?

Ja, Schluss für heute. Wann ist übermorgen dein Termin?

Morgens um 10 Uhr. Ich schreibe dir sofort, was dabei rausgekommen ist.

Okay. Ich drücke alle verfügbaren Daumen!
Umarmung
Sarah

31. Juli, 12:03 Uhr

Hey Sarah, es gibt Entwarnung! Jedenfalls zum Teil. Es ist eine Akne inversa. Es hat nichts mit dem Lymphom zu tun. Der Professor hat mich beeindruckt. Ich hatte alle Berichte dabei, die bisherige Medikation usw. Er legte das erst mal beiseite, weil er sich nicht beeinflussen lassen wollte. Ich habe ihm geschildert, was los ist, und er hat sich die Entzündungen angesehen. Sein Fazit: „Das ist nett, dass der Kollege Sie zu mir geschickt hat, aber in Ihrem Fall ist meine Expertise nicht gefragt."

Oh Mann, und dafür die ganze Aufregung! Es gibt jetzt das Antibiotikum in der höchsten Dosierung. Das ist wohl unvermeidbar. Und es kann tatsächlich ein paar Wochen dauern. Es bleibt dabei: Nach Schweden fahren ist keine gute Idee. Denn wenn es sich verschlimmert, wenn das Antibiotikum nicht durchdringt, dann muss man da operativ ran. Das höchste der Gefühle ist also ein spontaner Urlaub an der deutschen Ostseeküste. Wenigstens einmal pro Woche eine Kontrolle. Der Arzt hält das sogar für eine gute Idee. Sonne und Salzwasser würden der Haut guttun. Und Entspannung sowieso. Ich werde das mit Sophie überlegen.

Ja, macht das! Unbedingt! Du musst auch mal raus und etwas anderes sehen. Fahrt auf den Darß, nach Usedom oder Rügen! Das fühlt sich doch schon fast so an wie in Schweden. – Ich weiß gar nicht, was ich zuerst schreiben soll: Ich bin so erleichtert, dass man das mit Medikamenten in den Griff kriegen kann und es nichts Schlimmeres ist. Kommando „Zuversicht"! Und ich bin gleichzeitig so traurig, dass es mit unserer Revival-Tour nichts wird. Ich weiß, ich habe gezögert. Aber jetzt hatte ich mich darauf gefreut!

Tja, krank sein und Pläne machen, das ist so eine Sache. Ich bin auch traurig. Kannst du dir ja vorstellen. Aber vielleicht machen wir das andere jetzt tatsächlich spontan. Zwei Wochen Ostsee sind bestimmt auch schön.

Ich könnte an dem mittleren Wochenende hochkommen. Wenigstens eine Stippvisite. Was meinst du?

Muss ich mal mit Sophie besprechen. Vielleicht ist das auch zu viel, wenn wir nur die 14 Tage haben und sowieso alles anders ist.

Okay. War nur so eine spontane Idee.

Das ist lieb. Wir müssen uns jetzt erst mal sortieren. Ich melde mich!

4. August, 11:27 Uhr

Hey Sarah, wir haben uns entschlossen und fahren tatsächlich! Vom 10. bis 24. August. Eine kleine Ferienwohnung direkt am Bodden. Da sind ein paar hübsche Restaurants und Geschäfte, ein kleiner Hafen, zweimal die Woche ein Markt. Nur zum Strand muss man das Auto nehmen oder eine Fahrradtour machen. Am Freitag in der Mitte der Ferien habe ich schon einen Kontrolltermin in einer Hautarztpraxis. Aber ein Besuch ist uns dann doch zu viel. Wir brauchen diese zwei Wochen mal ganz für uns. Dann komme ich lieber mal ein Wochenende nach Hamburg. Okay?

Hallo Tim, nur ganz kurz: ja, natürlich! Ich freue mich für euch! Toll, dass das so kurzfristig geklappt hat! – Ich bin gerade auf dem Sprung, wir schreiben am besten in den nächsten Tagen noch mal, bevor ihr wegfahrt, ja?
Liebe Grüße!

Alles klar, machen wir. Übrigens: Ich werde vor dem Urlaub auch noch mal bei Hans-Peter vorbeischauen. Es geht ihm nicht gut. Er hat mir kurz geschrieben: „Bin zu Hause. Habe die Therapien eingestellt. Kommst du noch mal?“ Das geht mir unter die Haut. Er wollte doch noch Zeit gewinnen. Lebensqualität. Und jetzt das. Natürlich besuche ich ihn. Aber schaffe ich das?

Hey, das wird schon werden. Ihr versteht euch. Er will ja, dass du kommst. Dann wird das auch gut. Schreib mir, wie es war, wenn du willst. Aber jetzt muss ich wirklich los. Umarmung
Sarah

8. August, 18:23 Uhr

Liebe Sarah, heute war ich bei Hans-Peter. Das war hart. Aber auch intensiv. Momente, die ich so nicht wieder erleben werde. Ich kann es nur schwer in Worte fassen. Schon rein äußerlich war plötzlich alles anders. Er hat sehr abgenommen in den letzten Wochen. Die Krankheit setzt sich durch. Aber er hadert nicht mehr. Da ist keine Verzweiflung mehr. So als habe er seinen Frieden damit gemacht. Du merkst sofort, dass etwas anders ist, wenn du das Haus betrittst. Die ganze Atmosphäre hat sich verändert. Als habe sich etwas gelöst.

Worüber habt ihr gesprochen?

Gute Frage. Ich glaube, wir haben über die Liebe gesprochen.

Du glaubst?

Na ja, eigentlich haben wir über die Trauerfeier geredet. „Das wird mein Tag“, sagte Hans-Peter und lächelte dieses besondere, leicht verschmitzte Lächeln. Ein bisschen Galgenhumor ist diesmal dabei. Du hoffst die ganze Zeit, dass sich etwas verändert. Dass du irgendeine Zukunft hast. Einen Plan machen kannst, weil du ein Ziel hast. Aber wozu lebt man noch, wenn man schon weiß, was passieren wird? Das letzte Ziel, was den beiden bleibt, ist die Trauerfeier. Und die planen sie jetzt so intensiv wie vor Kurzem noch ihre Hochzeit. Das ist wirklich unglaublich. „Wir brauchen jetzt so was wie einen Deading-Planer", sagte Hans-Peter und lachte sich schlapp.

Ich habe schon einen Entwurf für die Karte gesehen: „Weint Eure Tränen – feiert Euer Leben!" Toll, oder? Sibylle war wohl erst zurückhaltend, aber jetzt ist sie voll dabei. Die beiden sind sich so nah. Einmal ist Hans-Peter eingeschlafen, einfach so. Da habe ich eine Weile mit Sibylle gesprochen. Sie war ganz offen zu mir, von der ersten Sekunde an. Es sei die tiefste Erfahrung ihres Lebens, sagt sie. Voller Liebe und voller Schmerz. Manchmal müssen sie weinen, dann wieder lauthals lachen, dann schweigen. Wie gesagt: Ich glaube, wir haben über die Liebe gesprochen. Ich durfte die Liebe dieser beiden erleben.

Wow. Ich bin sprachlos. Was für ein Glück, oder?

Plötzlich wird mir wieder klar, was ich an Sophie habe. Es wirkt so selbstverständlich. Aber das ist es nicht. Es ist Liebe. Hans-Peter und Sibylle erleben alles so konzentriert in wenigen Monaten, und bei uns sind es eben schon mehr als 30 Jahre. Aber am Ende ist es Liebe. Habe ich dir jemals den Song gezeigt, den ich Sophie letztes Jahr zum Hochzeitstag geschrieben habe?

Das Glück der langen Strecke
Wir ziehen einfach so weiter
alles warm und vertraut
alle Aussichten heiter
jeder Tag ist geklaut
Wir erforschen ganz leise
jedes fremde Terrain
manche neue Sichtweise
tasten uns langsam vor

Hier ist nie alles beim Alten
hier wird weiter geträumt
auf dem Weg durch die Zeiten

Ich kenn mich aus in deinem Hinterland
weil ich da zuhause bin
wie ich dir das einst versprochen hab
will ich nie woanders hin
denn soweit ich das überblicke
liegt hier das Glück der langen Strecke

Hol mir Kratzer und Beulen
wenn es sein muss allein
du kannst voll auf mich zählen
ich will nur bei dir sein
Du bist meine Schutzhütte
nah am Felsen gebaut
egal worum ich dich bitte
hab dir immer vertraut

Hier ist nie alles beim Alten
hier wird weiter geträumt
auf dem Weg durch die Zeiten

Ich kenn mich aus in deinem Hinterland …

Willst du wieder abtauchen
keine Sonne an Deck
komm ich dich bald besuchen
denn ich kenn dein Versteck
Haben Tränen vergossen
immer wieder sogar
bleiben immer zusammen
das auf eigne Gefahr

Hier ist nie alles beim Alten
hier wird weiter geträumt
auf dem Weg durch die Zeiten

Ich kenn mich aus in deinem Hinterland …

Wie schön! Ihr könnt euch glücklich schätzen. Zeigst du ihr diese Liebe denn gelegentlich, auch wenn gerade nicht Hochzeitstag ist?

Ich hoffe das. Ich freue mich jetzt auf den Urlaub. Wenn die Gefühle lebendig bleiben sollen, muss man ja immer wieder mal etwas Schönes zusammen erleben. Nicht nur Alltag oder Krise. Diese 14 Tage werden uns guttun. Auf dem heimischen Sofa sitzen bei Kräutertee oder im Sand an der Ostsee bei einem Sonnenuntergang, das ist eben doch ein Unterschied.

… wobei doch beides etwas für sich hat, oder? Aber ich verstehe, was du meinst. Noch mal zurück zu Hans-Peter: Was plant er denn für seine Trauerfeier?

Nun, am liebsten wäre er an diesem Tag nicht tot und würde alles miterleben. Das wird sich schwer einrichten lassen. Aber wir glauben beide, dass er irgendwie da sein wird. Bloß anders, als wir Normal-Lebenden das wahrnehmen können. Ihn regt es auf, wenn die Leute in seiner Krebsgruppe sagen, niemand solle traurig sein, die Gäste sollten feiern und lachen und bunte Sachen tragen. Dann wird Hans-Peter ernst: „Es ist eine Trauerfeier, verdammt! Ich bin gestorben! Die Leute sollen weinen!" Aber wenn es nach Hans-Peter und Sibylle geht, wird an dem Tag ziemlich lange gefeiert. So wie auf ihrer Hochzeit. Und dann darf die Stimmung gerne irgendwann kippen. Ins Heitere, Gelöste. Nach der Trauerfeier in der Kirche und der Beisetzung auf dem Friedhof gibt es nicht Kaffee und Streuselkuchen, sondern Sekt, Saft und Canapés. Dann ein paar Reden von den besten Freunden. Vielleicht eine Diashow. Abends ein Büfett und eine Band. Und ganz unten auf der Einladung ist ein Dresscode notiert: „schwarz, festlich". Um Antwort wird gebeten.

Die Geschichte der beiden berührt mich auch sehr. Wie gut, dass du noch zu ihm gefahren bist vor dem Urlaub! Das Ganze noch mal so aufzuziehen wie eine Hochzeit, ist schon irgendwie irre. Das beeindruckt mich. Die Reden werden andere sein, aber am Ende feiern sie die Liebe. Und die Liebe ist stark wie der Tod.

Hey Sarah, das ist gut! Das schreibe ich ihm noch, bevor wir fahren! Die beiden haben noch irgendwas Biblisches gesucht, das zu ihnen passt. So als Vorschlag für die Pfarrerin für den Gottesdienst in der Kirche. Ich guck das mal eben nach … Da ist es: Hoheslied, Kapitel 8, Vers 6: „Die Liebe ist stark wie der Tod." Ich kenne kein anderes Paar, auf das dieser Satz so gut passt.

Ja, die Reden werden anders sein. Ich bin gespannt. Sibylle und Hans-Peter haben selbst auch eine Dankesrede vorbereitet. „Ein bisschen so wie bei der Oskar-Verleihung", sagt Sibylle. „Du bekommst den Oskar für dein Lebenswerk und trittst dann ans Mikrofon." Es stimmt ja auch: Die Gäste haben sein ganzes Leben vor Augen. Dankbar, traurig, voller Erinnerungen. Und sein Lebenswerk ist dann definitiv vollendet.

Glaubst du, dass es jetzt schnell geht? Habt ihr euch schon verabschiedet?

Ja, alle sagen, dass es jetzt nicht mehr lange dauern wird. Vielleicht zwei Wochen, vielleicht vier. „Hoffentlich gibt es da, wo ich hinkomme, ein kühles Bier", hat Hans-Peter noch gesagt. „Und vielleicht ein altes Mofa, mit dem ich ein wenig herumfahren kann am Abend. Falls es da noch Morgen und Abend gibt." So ist er, der Gute. Ich mag ihn sehr. Es ist so traurig, dass wir nicht mehr Zeit miteinander haben werden. Da blitzte eine Möglichkeit auf, eine mögliche Freundschaft. Und etwas davon haben wir genutzt. Soweit es eben möglich war. Jetzt kommt ein Palliativ-Team mehrmals am Tag, auch die Ärztinnen und Ärzte haben 24-Stunden-Rufbereitschaft. Eine Hospizhelferin kommt zweimal in der Woche, auch mit ihr versteht er sich gut. Wenn er schläft, spricht sie auch mal mit Sibylle. Die beiden sind jetzt wirklich gut versorgt. Und irgendwann kommt sein Tag.

Vielleicht sitzen Sophie und ich dann gerade in einem Strandcafé an der Ostsee und feiern unser eigenes Leben. Vielleicht sind wir schon zurück. Wir werden sehen. Verabschiedet haben wir uns ohne Worte. Er weiß, dass wir jetzt zwei Wochen wegfahren. Wir haben uns, so gut es ging, in den Arm genommen. Dann bin ich noch einen Moment sitzen geblieben und habe seine Hand gehalten. Ein Blick, eine Träne, ein Händedruck. Dann hat er doch noch etwas gesagt, weil ich mich nicht richtig lösen konnte. „Du darfst gehen. Danke, dass ich dich kennenlernen durfte. Leb dein Leben! Genieß die Zeit mit Sophie! – Und wehe, ihr kommt nicht zu unserem Fest!" – Darauf ich: „Dann musst du aber noch zwei Wochen durchhalten, versprochen?" – Und er: „Versprochen!" Ein Augenzwinkern, ein Lächeln, dann konnte ich gehen.

Und wenn das nicht klappt mit den zwei Wochen? Wenn Sibylle dich mitten im Urlaub anruft?

Ich weiß es nicht. Es gibt bestimmt hundert Menschen, die im Leben der beiden wichtiger sind als ich, dieser eine neue Freund von der Onko-Ambulanz. Meine Krankheit, meine Haut, meine Seele, meine Liebe … brauchen jetzt einfach diese zwei Wochen Erholung mit Sophie. Ich hoffe einfach, dass am Ende alles passt. Wenn nicht, muss ich spontan gucken, was ich möchte.

Verstehe. Wann genau fahrt ihr denn los?

Gleich am Samstagmorgen, möglichst früh. Mit Pausen braucht man bestimmt sieben bis acht Stunden bis da oben.

Schreib mir mal eine Urlaubskarte, ja? So richtig mit Sonnenuntergang-Kitschfoto und Briefmarke! Okay?

Ich gucke, was sich machen lässt … Auf diesem Kanal hier machen wir aber auch mal zwei Wochen Urlaub, ja? Ich brauche mal den Abstand von allem. Das verstehst du sicher.

Ja, verstehe ich. Kein Problem. Kommt gut hin! Grüß Sophie von mir! Habt eine gute Zeit!

Du auch, was immer du tust. Danke für alles
Tim

26. August, 10:03 Uhr

Hallo Tim, seid ihr gut zurückgekommen? Wie geht es dir? Danke für die Karte! Sie war letzten Mittwoch im Briefkasten. Hört sich ja so an, als ob ihr eine gute Zeit hattet …

17:34 Uhr
Hallo Sarah! Sorry, ich bin noch gar nicht wieder so richtig auf Empfang. Ja, wir sind seit Sonntag zurück. Wir haben auf dem Rückweg noch mal übernachtet. Sophie hat heute wieder angefangen zu arbeiten. Es war sehr, sehr schön … ich bin noch gar nicht so richtig wieder da, vielleicht gibst du mir noch ein paar Tage. Dann gerne mehr.

Alles klar, mein Lieber, wollte mich nur kurz melden. Was machen denn die Hautentzündungen? Falls ich das eben noch fragen darf …

Die sind tatsächlich auf dem Rückzug! Salzwasser und Sonne waren wohl wirklich nicht so schlecht als zusätzliche Therapie. Ich bin total erleichtert. Es wird abklingen, es braucht keine OP.

Hey, das freut mich. Dann melde dich einfach irgendwann wieder. Liebe Grüße!

28. August, 11:43 Uhr

Hey Sarah, guten Morgen! Ich komme gerade vom Briefkasten. Die Traueranzeige ist da. Hans-Peter ist gestorben. Die Beerdigung ist am Freitag um 14 Uhr. Meine Hände haben gezittert, als ich den Umschlag geöffnet habe. Die Karte sieht fast genauso aus wie der Entwurf, den ich vor drei Wochen gesehen habe. Links ist jetzt ein Hochzeitsfoto von den beiden in Schwarz-Weiß, darunter das Bibelzitat: „Die Liebe ist stark wie der Tod." Oben rechts das Motto: „Weint Eure Tränen – feiert Euer Leben!" Dann die üblichen Angaben. Wer, wann, wo. Und auch das Wie. Dass man Zeit mitbringen soll, weil es eine Trauer-Feier wird. Und ganz unten, halt dich fest, noch eine Fußnote: „Liebe Singles, kommt gerne und seid aufmerksam. Wer sich auf einer Beerdigung kennenlernt, weiß, wie kostbar das Leben ist. Und wie glücklich die Liebe macht." Unglaublich, oder? Selbst im Tod zaubert Hans-Peter mir noch ein Lächeln ins Gesicht.

Natürlich fahren wir hin. Vielleicht nicht für die ganze Feier, aber Kirche, Beerdigung, Sektempfang und Sibylles Dankesrede, das würde ich schon gerne erleben. – Und noch während ich das hier schreibe, wird mir etwas mulmig.

Hey Tim, so wie du ihn beschreibst, war Hans-Peter mir auch von Anfang an sehr sympathisch. Es tut mir so leid. Ich meine ihn lächeln zu sehen, obwohl ich ihn gar nicht kannte. – Was ist das denn für ein mulmiges Gefühl?

Das wird ein schwerer Gang. Weil ich denke, ich habe einfach nur das bessere Los erwischt. Warum? Mit welchem Recht? Das ist doch nicht fair. Ich weiß noch, wie das war am ersten Tag, als wir uns auf der Onko-Ambulanz kennengelernt haben vor fast genau sechs Monaten. Wie er sofort von sich erzählt hat. Von der Arbeit in Duisburg und seinen Ausflügen mit dem Mofa. Dass er gerade erst geheiratet habe und dass sein Krebs nicht heilbar sei. Alles innerhalb weniger Minuten – bis zu den ersten Tränen.

Und jetzt sitze ich hier und halte die Einladung zu seiner Trauerfeier in der Hand. Warum er und nicht ich? Plötzlich geht es mir ähnlich wie Martin, als er ganz am Anfang zu uns kam, weißt du noch? Natürlich weiß ich, dass das einfach Schicksal ist. Niemand von uns kann etwas dafür. Aber das Gefühl ist da. Diese innere Auflehnung, dass hier etwas nicht stimmt. Dieser Wunsch, dass es doch bitte anders sein möge. Schon allein für Sibylle. Aber wir können unserem Leben nicht eine Stunde hinzufügen und schon gar nicht ein Jahr oder drei. Das Leben ist jetzt.

Wie wahr. Wieder mal. – Es ist aber auch viel für dich im Moment. Erst diese neuen Entzündungen, die Fragen, die Angst. Der geplatzte Urlaub und der Ersatz. Der letzte Besuch bei Hans-Peter und jetzt sein Tod. Das alles innerhalb weniger Wochen. Bestimmt musst du auch an Lukas denken. – Am Freitag kannst du vielleicht etwas abschließen, auch für dich, wer weiß. Vielleicht wird es sogar leichter, wenn du all die anderen erlebst. Ihre Verbindung zu Hans-Peter und Sibylle. Und du hast ja immer Sophie an deiner Seite. Sie hat ihn gar nicht gekannt. Sie kann einfach für dich da sein, dich auf die sichere Seite ziehen und ein bisschen festhalten. Ich denke an euch!

31. August, 10:14 Uhr

Guten Morgen! Hab gerade ein bisschen Zeit. Magst du erzählen, wie es war?

Ja, vielleicht wenigstens kurz. Ich stehe noch sehr unter den Eindrücken von gestern. Es war bewegend. Sibylle hatte sich etwas Besonderes für den Anfang überlegt. Wir kamen so eine Viertelstunde vorher an der Kirche an, und das war auch gut so. Denn anders als üblich saß die Familie nicht schon vorn in der ersten Reihe, sondern Sibylle und die beiden erwachsenen Söhne von Hans-Peter standen am Eingang in der Tür und haben jede und jeden einzeln begrüßt. Du konntest dein Beileid schon am Anfang ausdrücken. Das hat eine ganz besondere Verbindung geschaffen – nicht nur zu Sibylle und den beiden Söhnen, sondern auch untereinander in der ganzen Trauergemeinde. Das habe ich so noch nie erlebt. Als alle da waren, sind sie an der Seite entlang nach vorn gegangen, haben Platz genommen, und die Orgel setzte ein. Toll.

Wow, das habe ich auch noch nicht erlebt. Ich glaube, in Skandinavien machen sie das so. Hast du denn alles gut überstanden?

Man muss da durch, es geht nicht anders. Ich konnte ab und zu auch den Tränen freien Lauf lassen. In einer Kirche geweint habe ich zuletzt bei Lukas' Beerdigung. Er war der Mensch, den ich am längsten kannte – mein Leben lang. Und Hans-Peter war der Mensch, den ich am kürzesten kannte, nur gut ein halbes Jahr. Aber wir fühlten uns eben sehr verbunden von Anfang an.

Wir sind noch bis zu den Reden geblieben. Sein bester Freund, eine Arbeitskollegin, der älteste Sohn und schließlich Sibylle haben gesprochen. Ein Satz von ihr hat sich mir eingebrannt: „Einmal im Leben geliebt zu haben, ist vielleicht mehr, als man erwarten kann. Unsere Liebe war das für mich. Die kürzeste und längste Liebesgeschichte der Welt zugleich." Sophie und ich haben uns sehr lange in den Armen gelegen.

Danke, Tim. Danke, dass du das teilst. So wie alles zuvor. Ehrlich gesagt habe ich keine Worte.

Musst du auch nicht.

Stimmt. Danke.

Umarmung?

Umarmung!

19. September, 20:17 Uhr

Hey Sarah! Hattest du noch einen schönen Geburtstag gestern?

Ja, es war schön! Wir haben noch lange gequatscht. Sorry, wenn ich am Telefon etwas kurz angebunden war.

Kein Problem. Konntest du mal einen Blick ins Buch werfen? Ich dachte, das ist was für dich. Wie geht es dir überhaupt? Wie schaust du aufs nächste Lebensjahr?

Ja, danke noch mal für das Buch und deine Zeilen! Ich bin gespannt, es zu lesen. Mir geht es körperlich gut, ansonsten komme ich mal wieder aus dem Baustellengefühl nicht heraus. Das kennst du ja. Das wird im neuen Jahr bestimmt nicht anders. Punktuell passiert so viel Schönes. Mit Pia ist es bezaubernd gerade. Auch manch anderes macht mich einfach nur glücklich. Aber das „Aber" folgt. Ich könnte ins Jammern abgleiten … Gleich muss ich noch mal an den

Schreibtisch. Eine neue Fassung abgeben für mein neues Feature. Ich glaube, es ist inzwischen die fünfte. Und eigentlich finde ich immer noch die erste am besten. Das ist anstrengend. Neulich fast zwei Stunden Sitzung im Sender. Vieles wird bei solchen Treffen in den Raum geworfen, was unachtsam ist und oft nicht fundiert. Pia ist bei ihrem Vater, und ich bin Tunnel. Zwischen Flow und Verzweiflung.

Zurück zu dir. Noch mal danke für das schöne Geschenk, freue mich, es zu lesen, und noch mal … ich sage es, glaube ich, zu selten: Danke für deine Freundschaft! Grüße an alle!

In den nächsten Tagen könnten wir auch telefonieren, wenn du willst. Lieber säße ich mal neben dir. Wie ist das wohl zwischen Flow und Verzweiflung? Am Montag werde ich wieder abgeschossen. Hoffentlich ein letztes Mal. Stell dir vor, es wäre dann geschafft!
Liebe Grüße
Tim

27. September, 10:23 Uhr

Lieber Tim, bist du schon wach? Mein Feature hat jetzt ein gutes Feedback. Mal schauen … Mir geht es besser. Manchmal schwankt das hin und her innerhalb einer Woche. Die ewigen Ungewissheiten, was beruflich kommt, zerren immer wieder an mir. Nun ja. Wie war das mit der eigenen Wahl? Aber das wird schon wieder. Du kennst mich ja …

12:47 Uhr
Hallo liebe Sarah, das freut mich mit deinem neuen Stück. Endlich Entspannung! Glückwunsch! Wenn es gesendet wird schick mir einen Link, ja?

Ich habe gerade eine kleine Radtour gemacht. Nur in unser Nachbar-Städtchen, eigentlich ein niederrheinisches Nichts. Aber die

Strecke ist gut, halbe Stunde, nicht zu viel, und es gibt ein paar nette Cafés. Nun sitze ich im Glashaus. Das heißt wirklich so. Steine hab ich wohl noch keine gefunden. Ich muss mich bewegen, deshalb das Rad. Sonst schlafe ich abends nicht ein. Blöde Medizin. Die Antikörper versetzen mich auch ein letztes Mal in einen gleichmäßig müden Dämmerzustand. Abends fühle ich mich durchaus müde. Schwer. Ich könnte nicht mehr lange lesen. Also döse ich so vor mich hin. Warte, welche Bilder auftauchen. Irgendwann um 2 Uhr oder so scheine ich dann einzuschlafen. Heute also die Gegenstrategie: Bewegung! Na ja, wenn das Zeug seinen Job macht, soll es mir ja recht sein. Im Oktober machen wir ein neues CT. Hoffentlich das erlösende.

Lieber Tim, ich hoffe, die Bewegung hilft dir! Ist auf jeden Fall eine gute Idee. Und dann bist du bald am Ziel mit allem … Ich habe vielleicht noch mal die Chance auf eine Woche Südfrankreich mit Sonja, so wie im Frühjahr. Pia könnte sogar mitkommen, es sind dann Herbstferien. Drück mir mal die Daumen!
Liebe Grüße
Sarah

22. Oktober, 17:31 Uhr

Hallo Sarah, seid ihr da oder weg oder schon wieder zurück? Heute war das endscheidende CT! Ist ein seltsames Gefühl. Jetzt werden wir sehen, ob wir am Ziel sind. Die Auswertung ist am Freitag. Eigentlich bin ich zuversichtlich. Schon seit einiger Zeit kann ich nichts mehr tasten. Aber jetzt will ich auch sehen, dass da nichts mehr ist. Wenn alles gut geht, wird das ab jetzt der neue Rhythmus: alle drei Monate zur Kontrolle. Jedenfalls am Anfang.

Hallo Tim, sorry, ich habe mich gar nicht mehr gemeldet. Wir sind schon wieder zurück, es war ja nur eine Woche. Aber wir haben es genossen. Ich drücke dir die Daumen! Ich habe ein gutes Gefühl. Das Staging im April hat ja schon gezeigt, dass ihr auf dem richtigen Weg seid. Wir werden sehen, dass du am Ziel bist! Ich stell schon mal den Sekt kalt…

Ja, eigentlich glaube ich das auch. Aber jetzt will ich die Beweisfotos sehen! Heute hatte ich auf dem Rückweg Lust auf einen kleinen Zwischenstopp. Ich komme an dieser Mall vorbei und biege ins Parkhaus ab. Mit dem Fahrstuhl fahre ich ganz nach oben. Ich schlendere an den Geschäften entlang bis etwa zur Mitte und bleibe am Geländer stehen. Ich kann drei Stockwerke nach unten gucken. Es ist nicht viel los. Dienstagvormittag. So stehe ich da und gucke allen anderen beim Normalsein zu. Wer hier ein und aus geht, wer hier Platz nimmt im Café so ganz ohne Infusionsbeutel, der ist wahrscheinlich gesund. Das Banale, das Alltägliche. Es tut gut, das zu sehen. Ich wusste nicht mehr, wie wichtig das ist. Oder dass es ein Ziel sein kann, etwas, das ich erreichen möchte: Alltag.

Nachher werde ich zu Hause sein und mir einen Kaffee machen. Er schmeckt mir wieder! Dann werde ich mit der Tasse in der Hand unter dem Dach der kleinen Terrasse stehen, in den Regen gucken und ein bisschen frieren. Das bedeutet mir viel. Es bedeutet zu leben.

Vielleicht kommt Sophie dann aus der Küche, sieht mich und kommt kurz heraus. Schmiegt sich an und legt ihren Arm um mich für einen Moment, und wir gucken gemeinsam in den Regen. Vielleicht ruft ein Freund an, den ich lange nicht gesprochen habe. Vielleicht schreibst du mir am Abend. Jemanden zu haben, eine Freundschaft zu leben, von der Liebe zu kosten, das bedeutet zu leben. Vielleicht ist das tatsächlich schon mehr, als man erwarten kann.

Alltag. Ich staune. Dass dieses Wort plötzlich ein süßes Wort sein kann. Andere wollen dem Alltag entfliehen. Du bist dankbar, ihn wieder leben zu können. Ich kann mir das sehr gut vorstellen. Aber ins alte Leben zurück kann man nicht mehr. Der Einschnitt der

Krankheit ist zu stark. Ich bin sehr gespannt, wie sich alles entwickelt, wie du mal zurückschaust auf diesen Regentag heute … in einem Jahr, in zwei Jahren. Irgendwann sind die Kontrollen nur noch alle sechs Monate, dann einmal im Jahr. Und dann bist du vielleicht da angekommen, wo du so gerne hin möchtest: in einem Alltag. Ich wünsche es dir!

25. Oktober, 14:23 Uhr

Breaking News: Es ist geschafft! 1,0 x 2,1 cm. So groß ist der entscheidende Lymphknoten jetzt. Noch nennen sie es offiziell eine „teilweise Remission", weil er theoretisch noch kleiner, noch unauffälliger sein könnte, aber meine Ärztin sagt, so groß darf der Knoten sein. Und im Verhältnis zum Ausgangsbefund ist alles so stark geschrumpft, dass die Therapie als erfolgreich gilt. Beim nächsten oder übernächsten Mal steht dann im Bericht der Radiologie vielleicht schon „komplette Remission".

Ich kann noch eine Reha machen, wenn ich möchte, sie hat mir einen entsprechenden Flyer mitgegeben. Damit ich wieder in Bewegung komme. Leichter Ausdauersport. Kräfte aufbauen. Das könnte ich sogar ambulant machen, eine entsprechende Klinik ist eine halbe Stunde von hier entfernt. Ich überlege es mir. Aber erst mal können wir anstoßen!

Jawohl! Auf das Leben! Ich habe nichts anderes erwartet. Und? Feiert ihr das gebührend?

Ja, wir haben spontan im Freundeskreis rumgefragt, wer morgen Abend Zeit hat, und haben einen Tisch reserviert. Eines der schönen Restaurants bei uns auf dem Marktplatz. Und dann stoßen wir wirklich an.

Toll. Ich bin heute Abend bei meiner Mutter. Dann werden wir einen Piccolo öffnen. Ich würde sagen, die unbekannte Reise ist ans Ziel gekommen, oder?

Jawohl! Alle aussteigen!

Und was ist mit der Behandel-Bar?

Die bleibt noch eine Weile geöffnet. Für den Fall der Fälle.

Alles klar. Danke, dass ich dein Gast sein durfte.

Danke, dass du mich begleitet hast!

Umarmung?

Umarmung!

25. Oktober, 20:57 Uhr

… kleine Nachlese, gereimt:

Endlich wieder da
Ich bin angekommen
war nicht schwindelfrei
bin noch ganz benommen
sag bloß, es ist vorbei
man soll die guten Tage
vor dem Abend loben
wir sind abgehoben, abgehoben

Die Hoffnung hat sich eingebrannt
Das Ziel nicht länger unbekannt
Ich sehe schon die Landebahn
jetzt sind wir endlich wieder da
wünsch mir Glück
bei diesem Aufenthalt

Hab fast aufgegeben
ein Held für eine Nacht
es geht nicht ohne Narben
wer hätte das gedacht
zum Glück sind all die Ängste
längst davongeflogen
ich bin aufgehoben, aufgehoben

Die Hoffnung hat sich eingebrannt …

Ich hab unterschrieben
ein windiger Vertrag
was ist mir denn geblieben
ich nehme jeden Tag
es gibt hier nicht viel mehr als
lauter Zwischenzeiten
du kannst mich begleiten, mich begleiten

Die Hoffnung hat sich eingebrannt …

10. Dezember, 20:37 Uhr

Hallo Sarah, hast du es schon mitbekommen? Marie Fredriksson ist gestorben, die Sängerin von Roxette.

Hallo Tim, ja, habe es gerade in den Nachrichten gesehen. Das war ein ganz guter Rückblick mit ein paar Videoclips und Konzertmitschnitten. Einmal sieht man sie krank und ganz ohne Haare im Tonstudio.

Und plötzlich posten die Leute die interessantesten Dinge über sie. Ich erfahre jetzt erst, was das für eine interessante Frau gewesen sein muss. Dass sie Krebs hatte, das zweite Mal seit 2002. Beim ersten Mal wurde sie noch erfolgreich behandelt. Aber jetzt ist sie gestorben (nur fürs Protokoll: Die 17 Jahre würde ich kaufen!). Sie wurde dreimal als beste schwedische Sängerin ausgezeichnet und hat acht Soloalben gemacht mit selbst geschriebenen Songs, deren Poesie völlig an mir vorbeigezogen ist. Übrigens: „Lay a whisper on my pillow", das ist von ihr. Roxette, 1987. Jetzt weiß ich es wieder. Erinnerst du dich? Okay, der Song ist eine ziemliche Schnulze. Aber diese kleine Zeile – wirklich wunderbar. Und du hast mir in diesem Jahr ab und zu ein Flüstern aufs Kissen gelegt. Das hat mir immer gutgetan.

Oh ja, stimmt! Es ist die allererste Zeile in dem Song. Sie hat mich berührt damals. Und du warst noch so durcheinander, die Diagnose noch so frisch. Wie gut, dass jetzt alles vorbei ist. Auf die nächsten 17 Jahre!

Jawohl! So Gott will. Was macht ihr eigentlich an Weihnachten?

Wir werden es ganz bequem haben: Pia und ich sind zu Hause, und alle kommen zu uns.

Wie schön! Bis dahin lass dich aus der Ferne drücken!
Tim

Danke! Grüße an Sophie und Lena!
Umarmung
Sarah

25. Dezember, 16:34 Uhr

Hey Sarah! Frohe Weihnachten! Habt ihr's gut?

Ja, mein Lieber, sehr gut. Pia ist heute noch hier und morgen bei ihrem Vater. Wir haben gut gegessen und viel gelacht. Alles sehr entspannt. Ich genieße es. Und bei euch?

Auch sehr entspannt. Und sehr dankbar. Dass wir uns haben. Dass wir zusammen sein können, Sophie, Lena und ich. Dass diese Krankheit hinter mir liegt. Das ist das größte Geschenk in diesem Jahr.

Ja! Ich weiß noch genau, wie es im letzten Jahr war. Als du mir geschrieben hast spät am Abend. Was für ein Drama. Mein lieber Tim, auch ich bin sehr dankbar. Ich habe gerade keinen Sekt zur Hand, aber ich erhebe meine Kaffeetasse! Auf dich! Auf das Leben!

Na gut, dann verbrenne ich mir jetzt die Lippen an meinem Tee. Auf das Leben! Auf unsere Freundschaft!

Auf die Herzensfreundschaft!

Ich habe noch eine Überraschung.

Was denn?

Ein Foto.

Ein Foto? Was meinst du?

Das Foto! Es war in der Weihnachtspost. Meine liebe Schwägerin hat noch einen Umschlag mit ins Paket gelegt. Darin ein paar alte Briefe von mir an Lukas. Ende der Achtziger, Anfang der Neunziger, wir haben beide noch studiert. Und uns offenbar ab und zu einen Brief geschrieben. Annette hat aufgeräumt und mir die Sachen geschickt. Unbesehen, wie sie sagte. Und ein paar Fotos liegen auch dabei. Eins davon aus Öland. Es sind Klebereste auf der Rückseite, in der Mitte ist das Papier ganz dünn, fast ausgerissen.

Unglaublich, das Foto ist zu dir gekommen.

Ja, es ist das schönste Bild von uns beiden aus dem ganzen Album. Welchen Weg das Foto nun damals genommen hat … ich habe keine Ahnung. Aber es ist da!

Weißt du was? Ich verspreche dir jetzt etwas: Im nächsten Sommer machen wir unsere Tour. Mit allen, die jetzt gerade um uns sind. Wenn sie denn wollen. Einmal so wie damals. Was hältst du davon?

Sarah, das ist ein wunderbares Geschenk! Das machen wir! So Gott will. Wenn nichts dazwischenkommt. Und dann stellen wir ein paar Fotos nach. Einverstanden?

Einverstanden! Das wird lustig.

Jawohl! – Jetzt werde ich hier gerade gerufen. Ich glaube, die anderen wollen raus. Wir müssen uns mal bewegen …

Alles klar, mein Lieber. Wie viel schaffst du denn inzwischen?

Mal schauen. Ich fühle mich gut. 45 Minuten gehen auf jeden Fall, vielleicht sogar eine Stunde. Macht es euch noch schön! Ich drücke dich aus der Ferne!
Tim

Ja, liebe Grüße an alle!
Umarmung
Sarah

Endnoten

1 Ferdinand von Schirach: Kaffee und Zigaretten, Luchterhand Literaturverlag 2019, S. 187

2 Ferdinand von Schirach, Die Würde des Menschen, ZDF-Dokumentation vom 13.09.2019; https://www.zdf.de/kultur/kulturdoku/schirach-die-wuerde-des-menschen-kulturdoku-100.html (zuletzt aufgerufen am 9. November 2021)

3 Nadia Bolz-Weber: Grief and Casseroles, https://www.youtube.com/watch?v=7wxU0CyA2Nk (zuletzt aufgerufen am 9. November 2021)

Der Verlag weist ausdrücklich darauf hin, dass im Text enthaltene externe Links vom Verlag nur bis zum Zeitpunkt der Buchveröffentlichung eingesehen werden konnten. Auf spätere Änderungen hat der Verlag keinerlei Einfluss. Eine Haftung des Verlages ist daher ausgeschlossen.

Die im Buch geschilderten Begegnungen gehen oft auf eine wahre Geschichte zurück. Sie sind aber soweit verfremdet, anonymisiert und fiktiv ausgestaltet, dass sie nicht mehr mit einer bestimmten Person identifiziert werden können. Wenn dennoch Ähnlichkeiten mit lebenden Personen bestehen, sind diese rein zufällig und nicht beabsichtigt.

FSC www.fsc.org
MIX
Papier aus verantwortungsvollen Quellen
FSC® C083411

Dillerberg 1, 35614 Asslar

1. Auflage 2022
Best.-Nr. 835326
ISBN 978-3-86334-326-2

Umschlaggestaltung: Andreas Sonnhüter,
www.grafikbuero-sonnhueter.de
Lektorat: Sarah Koller
Satz: Uhl + Massopust, Aalen
Druck und Verarbeitung: CPI books GmbH, Leck
Printed in Germany

www.adeo-verlag.de